Teenager

Till S. Kronsfoth

Teenager

Eine Geschichte über
Liebe, Drogen, Sex, Gewalt
und den Traum vom großen Geld

Bibliografische Information der Deutschen Nationalbibliothek
Die Deutsche Nationalbibliothek verzeichnet diese Publikation in der
Deutschen Nationalbibliografie; detaillierte bibliografische Daten
sind im Internet über http://dnb.d-nb.de abrufbar.

© 2009 Till S. Kronsfoth
Satz, Umschlaggestaltung, Herstellung und Verlag:
Books on Demand GmbH, Norderstedt
ISBN: 978-3-8370-2273-5

1. Kapitel

»Auf ein Internat? Niemals!« Ungläubig starrte ich meine Eltern an. »Das könnt ihr doch nicht ernst meinen.« »Es ist ein sehr gutes Internat, Mark«, versuchte mein Vater mich zu beschwichtigen. »Und du hast nun einmal fast nur Einsen in deinem Zeugnis. Es kommt gar nicht in Frage, dass du dich mit einem Hauptschulabschluss zufriedengibst und irgendwo in die Lehre gehst.« »Aber ich will nicht auf ein beklopptes Internat. Da gibt's Regeln, an die man sich halten muss, und überhaupt. Ich teil mir doch nicht mit fremden Kindern 'ne Dusche oder das Klo. Ich bleibe daheim.« Nun erhob meine Mutter die Stimme. »Es ist eines der besten Gymnasien in ganz Hessen. Und außerdem nicht mal eine halbe Stunde Autofahrt von Frankfurt entfernt.« »Umso besser«, protestierte ich. »Dann kann ich doch jeden Tag nach Hause kommen.« »Kommt nicht in Frage!«, warf mein Vater ein. »Wir möchten, dass du dich voll und ganz auf die Schule konzentrierst. Der Hin- und Rückweg würde nur unnötig Zeit in Anspruch nehmen. Außerdem möchten wir, dass du dort lernst, selbstständiger zu werden, und mehr Zeit mit Leuten verbringst, die auch mit dir den Unterricht besuchen.« Ich gab nicht auf: »Ich wohne doch nicht fünf Tage in der Woche in so einem Kaff!« Mein Vater wurde wütend: »Es ist nur zu deinem Besten. Vergiss das nicht! Außerdem zahlen wir für deine Ausbildung dort eine ganze Menge Geld. Und jetzt keine Diskussion mehr. Du gehst ab nächstem Schuljahr dort hin.«

Damit war die Sache beschlossen und ich wusste, dass ich

verloren hatte. Ich wohnte mit meinen Eltern im Westend von Frankfurt am Main. Und bis zum Ende der neunten Klasse besuchte ich dort die Hauptschule. Meine Noten waren gut bis sehr gut und so kamen meine Eltern auf die Idee, mich auf ein Gymnasium zu schicken. Dies war möglich, weil ich an meiner bisherigen Schule den Gymnasialzweig besucht hatte. Mein Vater war ein erfolgreicher Bauunternehmer und meine Mutter hatte ihre eigene Anwaltskanzlei. Leisten konnten es sich die beiden, mich auf eine Privatschule zu schicken. In ihren Augen hätte ich mein Leben geradezu weggeworfen, wäre ich nach Beendigung der Hauptschule losgezogen und hätte mir einen Beruf gesucht.

Und nun würde ich in wenigen Wochen in ein Zwanzigtausend-Seelen-Nest geschickt, wo ich, da war ich mir sicher, für die nächsten vier Jahre unter einem Haufen Streber eine Art Jugendhaft absitzen durfte. Das konnte ja heiter werden.

Dort angekommen musste ich feststellen, dass ich es gar nicht so schlecht getroffen hatte wie befürchtet. Auch wenn ich das in meinem Stolz nicht zugeben konnte. Ein Bonus war, dass jeder Neuankömmling ein Einzelzimmer zur Verfügung gestellt bekam, zumindest für die Phase der Eingewöhnung. Die Lehrer und Betreuer waren ausgesprochen freundlich, und auch die meisten meiner Mitschüler (Mithäftlinge, wie ich zu sagen beliebte) waren in Ordnung. Auch wenn jeder Neuankömmling erst einmal genau unter die Lupe genommen wurde. Das Internat beherbergte etwa dreihundert Schüler und Schülerinnen und stand auf einem Gelände von knapp zehn Hektar. Es gab eine Turn- und Schwimmhalle mit Fitnessraum, einen Sportplatz, einen

Spielplatz und sogar einen Park mit einem Ententümpel. Die Wohngebäude waren kreisförmig um das Schulhaus angeordnet, so musste ich nur wenige Minuten vor Schulbeginn aufstehen. Eine Sache, die mir an meinem ersten Tag auffiel und die mich nicht gerade ermutigte, war, dass offensichtlich fast jeder männliche Schüler der Einrichtung in großem Umfang auf das Angebot des oben erwähnten Fitnessraumes zurückgriff. Nicht selten schob sich mir in den Gängen aus heiterem Himmel ein muskelbepackter Abiturient entgegen und drückte mich mit sanfter Gewalt zur Seite.

Ich stellte sehr schnell fest, dass es auf diesem Internat zwei Gruppen von Schülern gab, die nicht viel miteinander zu tun hatten, und dass man sich einer von ihnen anschließen musste, wenn man kein Einzelgänger sein wollte. Diese Gruppen unterschieden sich lediglich in der Art und Weise ihres Drogenkonsums. Während die Mitglieder der einen Gruppe in jeder Mittagspause auf einer Bank im Park saßen und kifften, zogen es die anderen vor, sich nach Unterrichtsschluss unter der großen Eingangstreppe des Schulgebäudes zu versammeln und den Tag mit einigen Wodkaflaschen ausklingen zu lassen. Jede der beiden Gruppen hielt die jeweils andere für einen Haufen von drogensüchtigen, abgewrackten Pennern ohne Zukunft, und keinen störte es großartig, dass jegliche Art von Drogenkonsum, ob legal oder illegal, auf dem Internatsgelände strengstens untersagt war. Selbstverständlich wurden in diesen »Schülerverbindungen« keine Mädchen aufgenommen und eine Altersbegrenzung gab es nicht. Die Erwachsenen merkten von alldem nichts. Vermutlich kamen deshalb die meisten Schüler so gut mit ihnen klar. Man könnte sich jetzt fragen, was solche Schüler auf einer »Eliteschule« zu suchen hatten. Und wie sie es bei so viel Bewusstseinserweiterung überhaupt schafften, gute Leistungen zu erbringen. Aber sie schafften es. Entweder durch eine Menge Nachhilfestunden in den Ferien oder weil sie so begabt waren, dass sie es einfach nicht oder kaum nötig hatten zu lernen.

Wie auch immer. Da ich keine Lust darauf hatte, zu einem Außenseiter zu mutieren, und ich andererseits auf zahlreichen Klassenfahrten und bei anderen außerschulischen Aktivitäten einschlägige und oft negative Erfahrungen auf dem Gebiet Alkohol hinter mir gelassen hatte, tendierte ich zu einer Aufnahme in die Clique der Marihuanafreunde.

In meiner ersten Woche im Internat fiel mir auf dem Gang ein Mädchen auf, das mich auf der Stelle in seinen Bann schlug. Sie hatte langes goldenes Haar, saphirblaue Augen und den mit Abstand wohlgeformtesten Körper, den ich je gesehen hatte. Sie stand in einer Ecke und unterhielt sich mit einigen Freundinnen. Und ich, ich stand da und starrte sie an. Ganz außer Acht ließ ich dabei den großen bulligen Typen mit V-Kreuz, der neben ihr stand. Das war aber nicht weiter tragisch, denn er hatte mich sehr wohl bemerkt. Und kaum hatte er meine Blicke bemerkt, kam er mit gespreizten Beinen und angespannten Oberarmen auf mich zu. Er drückte seinen wuchtigen Brustkorb gegen meinen und raunzte: »Wenn du meine Freundin noch einmal so anstarrst, hast du ein verdammt großes Problem, kapiert?« Ich tat so, als wüsste ich gar nicht, wovon er sprach, und sah ihn einfach nur an. Einige Sekunden lang starrten wir uns so an, dann drehte er sich um und ging zurück zu seiner Freundin, die nichts von alledem bemerkt hatte. Jemand tippte mir auf die Schulter. »Hey, Mark.« Es war Patrick, einer meiner Klassenkameraden. Er war einen halben Kopf größer als ich, war kräftig gebaut und legte viel Wert auf sein Äußeres. Er grinste mich an. »Lass bloß die Finger von Katja. Sie ist Steves Freundin und er verteidigt sie, als wäre sie sein Eigentum.« »So, so. Also Katja heißt das Abbild Aphrodites.« »Ja und du tust gut daran, sie nicht noch einmal so anzusehen. Oliver hat ihr mal einen guten Morgen gewünscht. Daraufhin hat Steve ihm das Nasenbein gebrochen.« »Was für eine Verschwendung, dass sie mit so einem Wichser zusammen ist.« »Glaub mir, Alter, du bist nicht der Einzige, der das so sieht.« Mit diesen Worten leckte er sich süffisant über die Lippen.

Als ich am nächsten Tag wieder an der Gruppe schnatternder Mädchen vorbeikam, stand Katja mit dem Rücken zu mir. Als mich eine ihrer Freundinnen bemerkte, tippte sie sie an und zeigte mit dem Finger auf mich. Woraufhin Katja sich zu mir umdrehte, in dem Moment als ich an ihr vorbeikam. Für eine Sekunde trafen sich unsere Blicke und sie sagte: »Hi.« Zuerst war ich so von den Socken, dass ich gar nicht wusste, was ich sagen sollte. Dann erwiderte ich die Begrüßung und wollte weitergehen. Plötzlich packte mich irgendetwas am Kragen und zog mich nach hinten. Als ich herumfuhr, wurde mir klar, dass ich Steve wieder nicht bemerkt hatte, und diesmal hatte sein Gesicht eine dunklere Farbe als am Vortag. Ohne Vorwarnung stieß er mir seine Faust in den Solarplexus. Ich ging in die Knie. Für etliche Sekunden blieb mir die Luft weg und ich dachte schon, ich würde ersticken. Steve stand breitbeinig über mir und sagte irgendetwas von wegen, ich wäre gewarnt gewesen. Dann drehte er sich um und ging. Als ich wieder auf die Beine kam, waren die Mädchen verschwunden.

Von diesem Tag an begann ich zu trainieren. Ich war entschlossen, es Steve eines Tages heimzuzahlen. Ich stand jeden Morgen eine halbe Stunde früher auf. Ich machte Liegestütze und Sit-ups, duschte, frühstückte, ging zur Schule, ging anschließend für zwei Stunden in den Fitnessraum, machte meine Hausaufgaben, machte Liegestütze und Sit-ups, ging duschen und danach ins Bett. Ich ernährte mich fast ausschließlich von Obst und Gemüse und nahm kaum fettes Essen zu mir. Tag für Tag. Nach einigen Monaten zeigten sich erste Resultate. Meine Schultern wurden breiter, meine Arme schwollen an, mein Hals wurde dicker, ich bekam einen Waschbrettbauch und meine Brustmuskeln traten hervor. Dieser Prozess hatte einen schönen Nebeneffekt. Denn meine physische Veränderung blieb vor allem vom weiblichen Geschlecht nicht unentdeckt. Und immer mehr Blicke folgten mir auf den Gängen. Ein unerwarteter Bonus war, dass ich in diesen Monaten einen Wachstumsschub machte. Doch nach Mädchen stand mir vorerst noch nicht der Sinn. Ich wollte meine gesamte Freizeit bis zum Tag der Rache nur meinem Training und den Hausaufgaben widmen und mich von nichts ablenken lassen. Dadurch vernachlässigte ich zwar den Kontakt zu anderen Jugendlichen, aber das würde ich schon nachholen. Ich betrachtete meinen Oberkörper jeden Abend im Spiegel und beglückwünschte mich selbst zu den neuesten Fortschritten. Und dann, an einem grauen Februarmorgen, war es so weit. Es kam vollkommen unvorbereitet und eigentlich wollte ich mir für meinen Tag der Abrechnung ein viel späteres Datum aussuchen. Es geschah in der Eingangshalle des Schulgebäudes vor der ersten Stunde. Es war relativ düster und eng und ich weiß gar nicht, ob er mich überhaupt gesehen hatte oder ob er mich aus Zufall anrempelte. Auf jeden

Fall stieß mich Steve an. Er kam mir entgegen und seine Schulter stieß an meine, woraufhin ich stolperte. Ich war überrascht, um wie viel kleiner er mir seit unserem letzten Zusammenstoß erschien. Vielleicht beflügelte mich das nur noch mehr. Er schien mich gar nicht sonderlich bemerkt zu haben und wollte einfach weiterlaufen. Aber ich packte ihn hart an der Schulter und hielt ihn fest. Mehr überrascht als verärgert drehte er sich zu mir um. Er sah mich einfach nur an und ich wusste, dass ich jetzt handeln musste. Ich rammte ihm meine rechte Faust mit voller Wucht in den Solarplexus, woraufhin er mit dem Oberkörper nach vorne knickte. Das verschaffte mir einen Vorteil, denn sein Kopf kam mir entgegen, und ich schlug meine linke Faust mit vollem Karacho gegen seine Kinnspitze. Er taumelte zurück und schlug der Länge nach rücklings auf den Boden, wo er regungslos liegen blieb. Als ich aufblickte, stellte ich fest, dass etwa vierzig bis fünfzig Kinder um uns herum standen und den kurzen Kampf verfolgt hatten. Als Steve nach einer Minute immer noch keinen Laut von sich gab, rief irgendjemand nach einem Lehrer. Und ich fing an, mir Sorgen darüber zu machen, ob er überhaupt jemals wieder irgendetwas sagen würde. Nach einigen Augenblicken erschien mein Deutschlehrer, Herr Schulze, auf der Bildfläche. Ein Mittdreißiger, zu dem ich ein sehr gutes Verhältnis hatte. Er bahnte sich einen Weg durch den Kreis der Schüler, der sich um mich und Steve gebildet hatte. Schulze beugte sich zu ihm hinunter und fing an, ihn zu untersuchen. Nach etwa einer weiteren Minute kam Steve wieder zu sich. Er machte einen recht benommenen Eindruck. Schulze blickte sich suchend nach dem Verantwortlichen um und da ich der Einzige war, der sich außer ihm und Steve in nächster Umgebung befand, blieb sein Blick auf mir haften. Augenblicklich empfand ich Schuldgefühle. Doch Schulze richtete sich lediglich auf, half Steve auf die Beine, wies ihn an, sich in sein Wohnhaus zu begeben, und verließ das Schlachtfeld. Neben mir erschien Patrick. »Coole Aktion, Alter. Aber jetzt schaff deinen Arsch lieber hier weg, bevor Stevy Boy wieder zu Kräften kommt.« Er zog mich aus der Eingangshalle in eine ruhige Ecke und sah mich mit einer Mischung aus Respekt und Verwunderung an. »Was um alles in der Welt hast du dir dabei gedacht, dich mit Steve zu schlagen?« »Ich hatte bei dem halt noch was offen«, gab ich zurück. »Hast du deshalb in den letzten Monaten trainiert wie ein Verrückter?« »Nur deswegen.« Er grinste mich an. »Ich wette, dieser Drecksack ist noch nie in seinem Leben so gedemütigt worden. Du hast ihn vor der halben Schule verprügelt. Und noch dazu vor einem ganzen Haufen Weiber.« »Glaubst du, ich krieg' jetzt Ärger?«, fragte ich ihn etwas besorgt. »Wohl kaum. Jeder weiß, dass Steve ein Schläger ist. Ich glaube, sogar die Lehrer sind der Meinung, dass das endlich mal nötig war. Und ich wette ein Haufen Leute werden jetzt schwer beeindruckt von dir sein, Alter.« Er hielt mir die Hand hin. Ich schlug ein.

Am Abend klopfte es an meiner Zimmertür. Ich rief: »Herein«, und Patrick kam mit zwei Jungen herein, die ich bis jetzt nur vom Sehen kannte. Sie waren etwa so groß wie ich, schlank und trugen ziemlich teure Klamotten. Patrick begann mit den Worten: »Mark, darf ich vorstellen: Das sind Martin und Phillip Bayer. Die beiden gehen in unsere Parallelklasse. Sie sind Geschwister.« Dann wandte er sich an die beiden: »Gentlemen, das ist der Mann, der es gewagt hat, Steve vor der ganzen Schule zusammenzuschlagen.«

Dann wandte er sich wieder an mich: »Ab heute bist du einer von uns, Alter. Und jetzt komm mit. Wir erklären dir alles auf dem Weg.«

2. Kapitel

Wir verließen das Wohnhaus und liefen über das Gelände zum Park. Martin und Phillip waren zwei smarte Typen, die schon eine ganze Weile im Internat lebten. Sie wussten, wie die Dinge liefen, und kannten jeden Winkel. Martin erklärte mir: »Der Park ist unser Revier. Die Alkis hängen da kaum rum. Die sitzen meistens den ganzen Abend auf oder unter der Haupttreppe, wie Penner unter 'ner Brücke. Wir sind fast jeden Abend hier.« »Und wer ist wir?«, wollte ich wissen. »Alle, die was für bewusstseinserweiternde Gewächse übrig haben«, sagte er und grinste mich an. »Es ist nicht so, dass zwischen uns und den Alkis so 'ne Art Feindschaft besteht oder so. Ein paar von denen sind voll in Ordnung. Es ist nur so, dass sie das, was wir machen, für illegal und damit für falsch halten.« Inzwischen waren wir im Park angekommen und setzten uns auf eine Bank in der Nähe des Tümpels. Kaum saßen wir, zog Phillip ein silbernes Zigarettenetui aus seiner Jackentasche und klappte es auf. Es war bis zum Rand voll mit selbst gedrehten … ja, womit eigentlich? Phillip hielt mir das Etui hin und ich griff ohne zu zögern zu. Und dann war es so weit. Zum ersten Mal in meinem Leben rauchte ich einen Joint. Ich zog und zog, bis Martin auf einmal rief: »Um Gottes Willen, Mark! Was zum Teufel machst du da? Du musst auf Lunge rauchen.« Die anderen lachten schallend. Ich tat, wie mir geheißen. Der Rauch kratzte schrecklich in der Lunge und ich begann wie verrückt zu husten. Fünf Minuten später war ich stoned. Es war ein interessantes Gefühl. Als wenn ich betrunken wäre. Und doch irgendwie ganz anders.

Von diesem Tag an war ich mit den Jungs fast jeden Abend im Park und kiffte. Das Marihuana rief an mir Seiten hervor, die ich gar nicht kannte. Wenn ich bekifft war, machte ich mir Gedanken über Dinge, die mich sonst niemals interessiert hätten. Es war für mich das Größte, im Mondschein mit meinen neuen Freunden im Park zu sitzen und über den Sinn des Lebens oder die Entstehung des Universums zu diskutieren.

Mir fiel sehr schnell auf, dass Martin und Phillip diejenigen waren, die das Dope besorgten. Aber sooft ich auch mit ihnen kiffte, sie wollten nie etwas dafür haben.

Es war in einer Mittagspause Ende Februar, als wir vier gerade im Park saßen. Phillip war tierisch schlecht gelaunt, denn sie hatten gerade eine Mathematikarbeit zurückbekommen. Wütend ließ er sich auf unsere Stammbank plumpsen. »Verdammter Mist! Fünf plus. Unser Vater schlachtet mich, wenn er das hört.« Martin setzte sich neben ihn. »Tja, Bruderherz. Hättest du das Dope für vierundzwanzig Stunden Dope sein lassen und gelernt, dann hättest du jetzt eine Vier plus so wie ich.« »Leck mich. Ich brauch jetzt erst mal 'nen Joint.« Phillip klappte sein Etui auf. Ihm schlug gähnende Leere entgegen. »Fuck! Hey, Mark, kommst du mit auf unsere Bude, Nachschub holen?« In diesem Moment erschienen Oliver und Alex, zwei Elftklässler. Sie gehörten zwar nicht direkt zu unserer Clique, aber kifften wie viele andere Elft- und Zwölftklässler ab und zu mit. Alex setzte sich: »Hey, Leute! Habt ihr schon gehört? Katja hat mit Steve Schluss gemacht.« Unwillkürlich spitzte ich die Ohren. »Wie kommt's denn?«, wollte Patrick wissen. »Offenbar hatte sie keinen Bock auf einen Freund, der sich von einem Fünfzehnjährigen verhauen lässt.« Er schlug mir auf die Schulter. »Außerdem wissen wir ja alle, was für ein Macho Steve ist.« »Hat sie schon einen Neuen?«, platzte es aus mir heraus. »Soweit ich gehört habe, nein.« Phillip wurde ungeduldig: »Also was ist jetzt?«, wandte er sich an mich. »Kommst du jetzt mit oder was?«

Wir brauchten nur zwei Minuten zu Phillips Bude. Er teilte sich mit seinem Bruder ein Doppelzimmer im selben Haus, in dem auch ich wohnte. »Am besten du stellst dich an die Tür und passt auf, dass niemand kommt«, wies mich Phillip an, während er zu seinem Bett ging und den Bettkasten hochklappte. Dann holte er einen Kissenbezug hervor und wickelte ihn rasch auf. Zum Vorschein kamen mehrere etwa zehn mal zehn Zentimeter große Plastiktütchen. Er nahm eines davon, steckte es in seine Jackentasche und verstaute den Rest wieder gründlich. »Sag mal«, meinte ich nachdenklich, »wo kriegt ihr eigentlich immer den ganzen Nachschub her?« Phillip grinste mich an. Er hob die Hände in die Höhe wie ein Prediger und rief: »Vivat Amsterdam!« »Du meinst, ihr fahrt jedes Mal nach Holland, wenn ihr Nachschub braucht?« »Nicht doch, nicht doch. Wir waren nur ein Mal dort. Geschlüpft sind unsere Babys hier in Deutschland.« »Verstehe«, lächelte ich in mich hinein. »Ich denke«, hob Phillip wieder an, »es wird Zeit, dass du sie kennenlernst.« »Wen?« Seine Gesichtszüge nahmen einen schmachtenden Ausdruck an. »Die *Fabrik*.« Das letzte Wort sprach er aus, als kündete er mir von ewiger Glückseligkeit.

Als wir wieder an den Tümpel kamen, waren Alex und Oliver schon wieder verschwunden. »Brüdersche«, meinte

Phillip entschlossen, »nächste Woche zeigen wir Mark die Fabrik.« Martin strahlte. »Abgemacht. Hey, Patti, komm doch auch mit.« Patrick, der offensichtlich einen Joint mit ziemlich wenig THC erwischt hatte, war relativ schlecht gelaunt. »Wohin?« »Zu uns nach Hause.« »Warum nicht«, brummte er und zog gedankenverloren an seiner Tüte.

Am späten Nachmittag kam Patrick zu mir. Seine Laune schien wiederhergestellt und er war aufgeregt. »Hey, Mark. Stell dir vor: Ich hab mit Susi geredet.« »Wer ist Susi?«, fragte ich desinteressiert. »Eine Freundin von Katja.« Diese Worte zeigten Wirkung. »Ja und?« »Ich glaube, die Kleine steht auf mich.« »Wer? Katja?« »Nein. Susi.« »Schön für dich«, meinte ich aufrichtig. »Sie will heute Abend mit mir in die Schwimmhalle gehen. Ich hab sie gefragt, wer noch so da sein wird, und sie meinte: ‚Wahrscheinlich Katja.‘ Das wäre doch die Gelegenheit für dich, sich an sie ranzumachen. Du hast ihren Freund ausgeschaltet. Und jetzt gehst du in die Schwimmhalle und sorgst dafür, dass sie beim Anblick deines Adoniskörpers dahinschmilzt. Wenn du dann noch anfängst, mit ihr zu labern, und sie merkt, dass du auch noch so ’ne intellektuelle Ader in dir hast, ist die Schlacht so gut wie gewonnen. Na, was sagst du?« Ich sagte natürlich ja.

Als wir in die Schwimmhalle kamen, waren die Mädchen schon da. Es dauerte nicht lange, bis Patrick sich mit Susi in eine Ecke des Schwimmbeckens verzogen hatte und anfing, ihr Gesicht zu verschlingen. Katja hingegen schien sich geradezu zu langweilen. Sie schwamm ab und zu ein paar Bahnen und hockte den Rest der Zeit über auf dem Becken-rand. Zu mir blickte sie sich nicht einmal um. Eine Tatsache, die mich nicht gerade in meinem Vorhaben bestärkte, sie anzubaggern. Um meine Ratlosigkeit zu überspielen und um sie auf mich aufmerksam zu machen, sprang ich einige Male vom Startblock und versuchte dabei so elegant wie möglich zu wirken. Ich warf jedes Mal, sobald ich aus dem Wasser kam, einen flüchtigen Seitenblick auf Katja und spannte meinen ganzen Körper an. Nichts. Nach ungefähr einem Dutzend Sprünge, fasste ich mir ein Herz. Ich ging einfach zu ihr und setzte mich neben sie auf den Rand. »Hi.« »Hi.« »Was machst du so?« »Nichts.« »Du siehst ziemlich gelangweilt aus.« »Ja.« Ich merkte, dass dieses Gespräch sich schon sehr bald zu einem Monolog entwickeln würde, wenn ich nichts dagegen unternähme. »Erzähl doch mal was.« »Was denn?« »Keine Ahnung. Irgendwas.« »Siehst du.« Zum Teufel. Sie sah mich beim Sprechen nicht mal an. Was tat ich hier eigentlich. Ich musste so schnell wie möglich von hier weg. »Na dann. Man sieht sich.« Als Antwort bekam ich diesmal nur ein: »Hmm.« Ich stand auf und ging. Im Vorbeigehen warf ich noch einen letzten Blick auf ihren einladenden Bikini. Dann machte ich, dass ich wegkam.

Am nächsten Wochenende fuhren Patrick und ich mit Phillip und Martin nach Hause. Sie wohnten mit ihren Eltern in der Nähe von Hanau. Meine Eltern hatten sich über die Nachricht gefreut, dass ich das Wochenende bei Freunden verbrachte, war es für sie doch ein Anzeichen dafür, dass ich endlich Anschluss gefunden hatte. Die Eltern der Brüder besaßen ein großes Haus und einen noch größeren Garten, der von einer hohen und dichten Hecke begrenzt wurde. Als wir das Haus betraten, wurden Patrick und ich von den Jungs sogleich in den ersten Stock geführt. Wir luden unsere Sachen in ihrem Zimmer ab und bekamen unsere Schlafplätze zugeteilt. Anschließend schleiften Martin und Phillip Patrick und mich in ein Nebenzimmer. Als sie die Tür aufstießen, wurde mir augenblicklich klar, wieso Phillip von einer Fabrik gesprochen hatte. Der Raum war rechteckig und auf einer verglasten Längsseite des Zimmers standen aneinandergereiht etwa zehn oder zwölf Blumenkästen, in denen jeweils drei oder vier Marihuanapflanzen gediehen. Manche von ihnen waren bis zu zwei Meter hoch und alle waren fürsorglich an Stöcken festgebunden, die man in die Erde gesteckt hatte. In einer Ecke des Zimmers standen einige Säcke mit Blumenerde und Kunstdünger. Ein Tisch in einer anderen Ecke des Zimmers war vollgestellt mit Schüsseln, Gläsern, Dosen, Plastikbüchsen, Töpfen, einer Waage und einem Mixer. Auf einem Regal, das bis unter die Decke reichte, trockneten Dutzende von abgeschnittenen Pflanzen. »Willkommen in unserem Reich, Freunde«, sagte Martin mit leiser, ehrfürchtiger Stimme. »Das glaube ich einfach nicht«, staunte Patrick. »Wir verwenden lediglich die Blüten und die kleinen Blätter. Die großen enthalten zu wenig THC«, erläuterte Phillip fachmännisch. »Bekommen eure Eltern denn nichts davon mit?«, fragte ich ungläubig. »Oh doch.« »Und dennoch unterbinden sie es nicht?« »Wie soll ich sagen? Bevor sich unsere Eltern dazu entschlossen, sich dem Kleinbürgertum anzuschließen und das kapitalistische System für ihre Zwecke auszunutzen, waren sie mal 'ne ganze Zeit lang auf so 'ner Art Flower-Power-Trip. Das war natürlich vor unserer Geburt. Na ja. Sie versuchen es zu ignorieren, dass wir kiffen. Und sie sagen, so lange es nicht überhandnimmt, sollen wir tun, wonach uns der Sinn steht. Sie sagen, wir würden schon wissen, was gut für uns ist,

und wir müssten unsere eigenen Erfahrungen sammeln.«
»Normalerweise setzen wir die Pflanzen in den Garten,
wenn sie etwa zwanzig Zentimeter groß sind. Dann haben
wir auch viel mehr davon, aber im Winter geht das leider
nicht. Da müssen wir sie hier drin großziehen, um über
die Runden zu kommen«, bedauerte Martin. »Im Garten?«
»Ja.« »Aber habt ihr keine Angst, dass das irgendjemandem
auffallen könnte? Ich habe mal gehört, dass solche Pflanzen
bis zu drei Meter groß werden können.« »Das werden sie
auch, aber unsere Gartenhecke ist genauso hoch. Bis jetzt
ist unsere Vorliebe für die Botanik noch keinem Außenste-
henden aufgefallen.« »Im letzten Sommer hatten wir an die
hundertfünfzig Marihuanapflanzen im Garten«, verkündete Phillip stolz. Patrick und mir klappten die Kinnladen
herunter. Die Eltern der Brüder waren kurz nach unserer
Ankunft zu einem Termin gefahren. Sie wollten erst spät
wiederkommen und so hatten wir das ganze Haus für uns.
Am Abend saßen wir mit einer Tüte Chips und einer Menge
Gras vor dem DVD-Player und sahen uns »Joy Ride« an.
Es muss so ungefähr an der Stelle gewesen sein, als dem
Mann mit Hut der Unterkiefer abgerissen wurde, als Patrick
damit herausplatzte. »Wisst ihr eigentlich, wie viel Kohle
wir damit machen könnten?« Der Satz war vollkommen
aus dem Zusammenhang gerissen und keiner wusste, wo-
von er eigentlich sprach. »Wovon redest du?« »Von dem
ganzen Dope. Wir können damit ein Vermögen machen.«
»Und wie soll das gehen?«, fragte ich und versuchte mich
auf den Film und auf Patricks Geschäftsidee gleichzeitig
zu konzentrieren. »Martin und Phillip haben hier so viel
Gras«, erläuterte er. »Und im Sommer ist es noch viel mehr.
Wenn die beiden dir und mir nur jeweils eine Hand voll
Samenkörner mit nach Hause geben und wir zwei dann

auch noch anfangen zu züchten, dann haben wir bald tonnenweise Marihuana, das nur darauf wartet, unter die Leute gebracht zu werden.« Phillip betrachtete die Sache mit Skepsis: »Ihr habt doch keine Ahnung von so was. Außerdem werden eure Eltern euch das nie erlauben. Und verkaufen können wir das Zeug auch so. Da müssen wir euch nicht mit einbeziehen.« Aber Patrick ließ nicht locker: »Ach, komm schon, wir sind doch Freunde. Unsere Einnahmen teilen wir durch vier. Und das mit den Eltern kriegen wir auch in den Griff. Ganz davon abgesehen wäre es doch schade, nicht auch andere Menschen mit dem Genuss dieser Pflanzen zu beglücken.« »Also ich bin dabei«, sagte Martin und erhob sich. »Ich auch«, sagte ich und hatte gleichzeitig keine Ahnung, worauf ich mich eigentlich einließ. »Komm schon, Brüderchen. Gib dir einen Ruck«, versuchte Martin seinen Bruder zu ermuntern. »Wir können den beiden doch alles erklären, was sie wissen müssen.« »Und wo wollt ihr das Dope verkaufen?« »Zunächst mal auf dem Internatsgelände«, meinte Patrick eifrig. »Wenn das rauskommt, ist uns der Rauswurf sicher«, war Phillip immer noch nicht ganz überzeugt. »Und wenn rauskommt, was wir jetzt tun, ist er es auch«, redete Patrick auf ihn ein. Schweigen. Und dann: »Okay.« Wir anderen klatschten und johlten und besiegelten somit unseren Pakt.

Als das Wochenende vorbei war, war mein Gepäck um etwa fünfzig Gramm schwerer als zu Beginn. Die ganze folgende Woche über dachte ich an kaum etwas anderes, als an die vielen kleinen Körner, die in meinem Bettkasten nur darauf warteten, von mir in einen schönen, feuchten Blumentopf gesetzt zu werden.

Am Wochenende war es dann so weit. Ich holte mir aus dem Keller einen Blumentopf, etwas Blumenerde und Dünger. Meine Eltern brachten ihre Verwunderung über mein plötzliches Interesse an der Pflanzenwelt zum Ausdruck. Ich teilte ihnen mit, dass es sich um ein Schulprojekt handle und dass ich nichts anderes großzog als Pfefferminzpflanzen. Obgleich ich meine Eltern für so intelligent hielt, dass sie den Schwindel früher oder später bemerken mussten. Außerdem nahm ich ihnen das Versprechen ab, meine Pflanzen zu gießen, wenn ich nicht da war.

Patrick musste seinen Eltern etwas Ähnliches erzählt haben, denn als wir uns wenige Tage später sahen, meinte er, die Sache sei gebongt. Von nun an hieß es warten. Martin und Phillip hatten uns genau mitgeteilt, was wir zu beachten hatten. Immer für gute Lichtverhältnisse sorgen, warten, bis sie nicht mehr wachsen, und dann erst ernten und die Blätter auf keinen Fall im Backofen trocknen, sondern nur an der Luft. Je mehr Zeit verging, desto schneller wuchsen die Pflanzen und jedes Wochenende, wenn ich nach Hause kam, waren sie ein gutes Stück größer als eine Woche zuvor. Es war etwa eine Woche nach meinem Geburtstag, als die Pflanzen in meinem Zimmer die magische Größe von zwei Metern erreichten. Als ich das den anderen mitteilte, meinte Phillip: »Sehr gut. Lange kann es nicht mehr dauern.« »Das hoffe ich, denn meine Eltern nehmen mir das mit dem Pfefferminzprojekt in Biologie nicht mehr ab«, versetzte ich etwas mürrisch. »Wisst ihr«, meinte Patrick, »ich habe mir überlegt, es wäre doch schade, die großen Blätter wegzuwerfen, nur weil sie weniger THC enthalten. Wir könnten sie doch einfach zum Einstieg anbieten und wenn den Leuten die Wirkung nicht stark genug ist, dann verarbeiten wir die kleineren Blätter und die Blüten.«

»Klasse Idee«, meinte Martin. »Ich habe mal eine Liste erstellt von Leuten, die in meinen Augen potenzielle Kunden sein könnten.« Er reichte sie herum. Ich warf einen Blick darauf und bemerkte: »Unter deinen potenziellen Kunden sind eine Menge Schüler, die gerade mal in die fünfte und sechste Klasse gehen.« »Ja und?«, entgegnete Martin etwas verständnislos. »In diesem Alter sind die Kids doch am experimentierfreudigsten.« »Wenn du das mit deinem Gewissen vereinbaren kannst, kann ich das auch«, sagte ich. Von Martin kam ein zufriedenes Lächeln und die Sache war gegessen.

Einen knappen Monat später war ich mir sicher, dass die Cannabispflanzen aufgehört hatten zu wachsen. Ich schnitt sie ab, wobei ich sorgfältig darauf achtete, dass kein einziges Samenkorn verloren ging, trennte die Blätter und Blüten ab, sortierte sie nach der Größe, legte sie zum Trocknen auf ein Brett und achtete darauf, dass sie nicht direkter Sonneneinstrahlung ausgesetzt waren. Die Stiele warf ich auf den Kompost. Eine Woche später waren Blätter und Blüten trocken und ich begann sie zu zerkleinern, bis sie eine pulverige Form annahmen. Anschließend wog ich ab und verpackte das Dope in kleine durchsichtige Plastiktüten. Letztendlich hatte ich drei Arten von Stoff. Genau so hatten wir es ausgemacht. Die großen Blätter mit dem wenigsten Wirkstoffgehalt, dann die kleinen Blätter mit normal viel THC und die Blüten, bei denen der Joint noch nach vierundzwanzig Stunden nachwirkte.

Natürlich wollte ich nicht den ganzen Stoff mit ins Internat nehmen, aber doch das meiste. Und so kam es, dass ich mit fünfzig bis sechzig Tüten zu je fünf Gramm ins Internat zurückkehrte, wo man mich freudig empfing. Natürlich hatte ich nicht versäumt, noch am selben Wochenende die nächste Ladung Samen in die Erde zu setzen.

Immerhin wusste keiner, wie schnell das Gras aufgebraucht sein würde. Doch am Montagmorgen erwartete mich eine böse Überraschung. Denn erst als Patrick vor der ersten Stunde zu mir kam und sich bei mir mit einer Mischung aus Ohnmacht und Verzweiflung erkundigte, ob ich für die bevorstehende Mathematikarbeit gelernt hätte, fiel mir wie Schuppen von den Augen, dass ich mir eigentlich vorgenommen hatte, das ganze Wochenende zu büffeln. Doch die Aktion mit dem Dope hatte mein gesamtes Wochenende in Anspruch genommen. Zu diesem Zeitpunkt verfluchte ich zum ersten Mal unser Vorhaben, auf diese Weise reich zu werden.

3. Kapitel

Am Abend trugen die Jungs und ich unsere Vorräte zusammen. Wir vereinbarten, den Stoff bei mir zu lagern, da ich ein Einzelzimmer hatte und so die geringste Gefahr bestand, dass jemand das Gras finden würde. Wir machten ebenfalls aus, dass wir unsere Geschäfte ausschließlich im Park abwickeln wollten, da wir dort am ungestörtesten waren. Für eine Tüte mit wenig Wirkstoffgehalt wollten wir fünfzehn Euro verlangen. Für eine mit mittlerem Wirkstoffgehalt fünfundzwanzig und für das Gras, in dem wir die Blüten verarbeitet hatten, fünfzig. Das waren gute Preise, wenn man bedachte, dass es Dealer gab, die ihren Kunden Ein-Gramm-Tüten zu je acht Euro und mehr verkauften. Es gelang uns sehr bald, eine Menge Kunden an Land zu ziehen. Zunächst hauptsächlich Schüler, die um einiges jünger waren als wir. Wir gingen in den Pausen einfach auf den Schulhof und fragten bei den Jungs, die allein herumstanden, nach, ob sie nicht Lust hätten, etwas auszuprobieren. Wenn sie ja sagten, erklärten wir ihnen, wir hätten etwas total Cooles zum Rauchen, das entspanne und völlig ungefährlich sei. Wenn sie dann immer noch wollten, verabredeten wir uns mit ihnen zu einer bestimmten Zeit nach Sonnenuntergang im Park und verkauften ihnen Gras. Auf Verhandlungen ließen wir uns nie ein und nachdem wir das Dope verkauft hatten, bläuten wir unseren Kunden immer ein: »Wenn du irgendjemandem davon erzählst, verkaufen wir dir nie wieder was und schlagen dich zusammen.« Das mit dem Zusammenschlagen sagten wir ihnen auch, wenn sie unser Angebot ablehnten. Das Androhen von Schmerzen zeigte durchaus seine Wirkung. Unsere Kunden hielten die Klappe und kamen immer wieder. Wir fühlten uns wie die Größten. Schon bald konnten wir unser Umsatzgebiet auch auf die höheren Klassen ausdehnen. Denen drohten wir keine Schläge an, sondern baten sie lediglich inständig darum, Stillschweigen zu bewahren.

Meine ersten Kunden waren zwei Siebtklässler in Hip-Hopper-Klamotten, die sich noch cooler fühlten, als ich mich fühlte. Sie kauften eine Packung vom stärksten Dope, das ich hatte. Am nächsten Tag kamen sie wieder, und beide waren kalkweiß. Sie baten um eine Packung von dem etwas weniger starken Stoff. Ihr Geld vom Vortag bekamen sie natürlich nicht wieder, obwohl sie mir fast die gesamte Tüte zurückgebracht hatten. Auch Patrick hatte seine Pflanzen geerntet. Und wir verkauften von Woche zu Woche mehr. Es kam, dass wir an manchen Tagen mehr als hundert Euro einnahmen.

Eines Abends, als wir zu viert auf unserer Stammbank saßen und uns gegenseitig sagten, wie toll wir waren, meinte Patrick: »Wisst ihr, ich finde, wir brauchen einen Namen.« »Was meinst du?«, wollte ich wissen. »Ich finde, wir sollten unserer Organisation einen Namen verpassen. Eine Art Pseudonym oder so.« »Gute Idee«, sagte Martin. »Eine Art Deckname.« »Coooool«, meinte Phillip. »Wie wär's denn mit: ‚Die vier Musketiere'?«, schlug Patrick vor. »Scheiß Idee«, meinte Martin. »Leck mich.« »Was haltet ihr von: ‚Die Firma'?«, schlug Phillip vor. »Damit weiß doch jeder, was gemeint ist.« »Ich hab's«, sagte ich. »Die Friedensstifter.« »Perfekt«, stimmte Martin mir zu. »Geil«, kam es von Patrick und Phillip.

»Das Erste, was unsere neue Organisation braucht, ist ein cooles Outfit«, meinte Patrick am nächsten Nachmittag. »Wieso das denn?«, fragte ich. »Weil alle großen Gangster sich gut anziehen.« »Ich finde meinen Klamottenstil gar nicht so uncool«, entgegnete Martin. »Ich bin mit meinen Sachen eigentlich auch ganz zufrieden«, bemerkte Phillip. »Blödsinn. Ich spreche von Stil. Die Tussis stehen auf so was.« »Als wenn du wüsstest, worauf die Tussis stehen«, meinte Martin spöttisch. »Wenn ich es nicht wüsste, hätte ich es gestern Abend wohl kaum geschafft, Susi flachzulegen«, grinste Patrick. Martin stutzte, mir war diese Tatsache auch neu, aber sonderlich interessant fand ich es nicht. Zumal Susi in meinen Augen nicht gerade schön und damit kein Grund war anzugeben. Also fragte ich: »Was schwebt dir denn so vor?« »Anzüge«, sagte er, etwas enttäuscht, da ich auf seine Äußerung nicht näher eingegangen war.

Also fuhren wir zu viert am nächsten Tag gleich nach der Schule nach Frankfurt auf die Zeil und gingen dort einkaufen. Es dauerte bis in den frühen Abend, bis jeder etwas gefunden hatte, das ihm gefiel. Als wir das Geschäft verließen, sahen wir aus wie vier klassische Mafiosi. Ich trug einen dunkelblauen Anzug, Patrick ein weißes Sakko und eine schwarze Designerhose. Martin hatte sich für einen schwarzen und Phillip für einen anthrazitfarbenen Anzug entschieden. Anschließend ging es zum Schuhgeschäft. Denn jetzt, wo wir Anzüge trugen, konnten wir unmöglich weiterhin Turnschuhe tragen. Doch so sehr Patrick sich auch bemühte, Phillip konnte nicht davon überzeugt werden, sich von seinen weißen Nikes zu trennen. Als wir das Schuhgeschäft endlich verließen, entdeckte Patrick gegenüber unglücklicherweise einen Friseursalon. »Vorwärts,

Gentlemen«, trieb er uns an. Phillip stöhnte und Martin protestierte: »Was willst du eigentlich? Meine Haare sehen vollkommen in Ordnung aus.« »Ganz und gar nicht, Alter. Deine Haare sehen furchtbar aus, genau wie beim Rest von uns.« Zu diskutieren hatte nicht den geringsten Sinn. Als wir eine Stunde später den Friseursalon verließen, meinte Patrick: »Jetzt fehlt eigentlich nur noch eines.« Und ehe wir uns versahen, lief er schnurstracks zu einer Drogerie und kam schon nach wenigen Minuten mit einem ganzen Sortiment an Haargels, Haarfestigern, Haarspray, Haarlack und Haarwachs wieder.

Als wir am nächsten Tag durch die Schule liefen, mussten wir den Eindruck hinterlassen, als wären wir geradewegs einem Modemagazin entsprungen. Wir waren stolz wie Oskar. Um unsere äußere Erscheinung zu unterstreichen, hatten wir uns mit teuren Parfums und Aftershaves einge-sprüht, sodass man die Duftwolke noch mehrere Stunden nach unserem Vorübergehen wahrnehmen konnte. Und als wäre das nicht genug, gingen wir am selben Tag in ein Brillengeschäft und besorgten uns schwarze Sonnenbrillen. Die Tatsache, dass es Ende April war, hinderte uns nicht in geringster Weise daran, diese auch in den Klassenräumen aufzusetzen. Warum auch? Wir besaßen Euros en masse, die wir uns hart erarbeitet hatten. Dass wir »stinkreich« waren und es uns leisten konnten, mit Geld um uns zu schmeißen, konnte ruhig jeder sehen. Man sollte meinen, dass so viel Arroganz und Chauvinismus besonders auf unsere weiblichen Mitmenschen geradezu abstoßend hätte wirken müssen, aber im Gegenteil. Die Mädchen liefen mir scharenweise hinterher und mein Selbstbewusstsein stieg ins Unermessliche.

Da der Frühling schon vor einigen Wochen angebrochen war, wurde es höchste Zeit für Martin und Phillip die Marihuanapflanzen in den Garten zu setzen. Eine Tätigkeit, bei der Patrick und ich die beiden mit dem größten Enthusiasmus unterstützten.

Ich war fast jedes Wochenende bei den beiden. Meine Eltern sah ich kaum noch und wenn ich nach Hause kam, dann nur um meine Wäsche waschen zu lassen und um meine Pflanzen zu ernten.

Eines Abends klopfte es an meiner Zimmertür. Einen Augenblick später betrat Patrick den Raum und bei seinem Anblick brach ich in schallendes Gelächter aus. Sein ganzes Gesicht war krebsrot. »Zum Teufel! Was ist denn mit dir passiert«, fragte ich und versuchte den Besorgten zu mimen. »Scheiße!«, quetschte Patrick hervor, dem das Sprechen offenbar Schmerzen bereitete. »Hast du dein Gesicht auf eine Herdplatte gelegt?« »Sehr witzig, du Frosch. Hör auf, mich auszulachen, und gib mir lieber ein bisschen Make-up oder so, falls du so was hast.« »Seh ich vielleicht aus wie eine Transe? Was hast du gemacht?« »Ich war im Solarium, verdammt.« »Ich würde eher auf einen Backofen tippen.« »Das war halt mein erstes Mal und ich wollte eben, dass es schnell geht.« »Von so was kannst du Hautkrebs kriegen. Weißt du das eigentlich?« »Ist mir klar. Aber du weißt doch: Die Weiber stehen auf braun gebrannte Kerle.« »Wieso lässt du dir denn keine Zeit bei so was?« »Ich will jetzt braun werden. Nicht erst in einem Jahr.« »Wieso hast du nichts davon erzählt, dass du auf die Sonnenbank gehst?« »Weil es dann nichts Besonderes mehr ist. Es muss so aussehen, als käme die Bräune von allein. Ins Solarium gehen kann doch jeder.« »Siehst du überall so aus?« Wortlos hob er sein T-Shirt an. Sein ganzer Oberkörper war verbrannt. Ich lachte ihn noch eine ganze Weile aus. Aber von nun an ging ich ebenfalls zweimal die Woche auf die Sonnenbank.

4. Kapitel

Der Frühling erreichte seinen Höhepunkt und die Anzahl der Cannabispflanzen im Garten von Martins und Phillips Eltern erreichte ein neues Rekordhoch. Wir wurden reicher und reicher, zumindest für die Verhältnisse von Zehnte-Klasse-Schülern. Unsere Kundschaft wuchs und gleichzeitig auch unser Beliebtheitsgrad. Anfang Mai versorgten wir schätzungsweise fünfzig bis sechzig Schüler. Die Qualität unserer Ware hatte sich herumgesprochen und selbst einige Mitglieder der »Säuferclique« kauften ab und zu bei uns ein. Die Betreuer waren nach wie vor blind. Ein Problem ergab sich jedoch durch die Ausgangszeiten, denn wir durften das Wohnhaus maximal bis 22.30 Uhr verlassen. Aber auch diese Hürde nahmen wir mit Leichtigkeit. Wir wohnten zum Glück im Erdgeschoss. Also stiegen wir nachts aus dem Fenster, gingen in den Park und wickelten unsere Geschäfte dort oft bis in die frühen Morgenstunden ab. Andernfalls wäre es uns unmöglich gewesen, der hohen Anfrage nach Pot nachzukommen.

Natürlich waren die Jungs und ich deswegen oft ziemlich müde. Aber was machte das schon? Wir konnten ja im Unterricht schlafen. Und aufgrund der Klassenstärke fiel es auch kaum auf, dass alle Mitglieder der Friedensstifter den ganzen Schultag über die Köpfe auf die Bank gelegt hatten und vor sich hindösten. Es versteht sich von selbst, dass wir nicht den geringsten Gedanken an Hausaufgaben verschwendeten. Warum sollten wir auch? Wir hatten bewiesen, dass man keineswegs gut in der Schule sein musste, um aus seinem Leben etwas zu machen. Wir waren auch so zu Geld und Ansehen gelangt. Unsere Mitschüler hatten großen Respekt vor uns und die kleineren fürchteten sich sogar davor, einem der Friedensstifter direkt in die Augen zu sehen, wenn sie vorübergingen.

Allein mein Training führte ich wie gehabt fort. Es war an einem Montag nach der großen Pause, als Patrick aufgebracht auf mich zukam. »Erinnerst du dich noch an den Mathetest von vor zwei Monaten oder so?« »Ja klar, den werde ich so schnell nicht vergessen. Wieso fragst du?« »Weil wir ihn jetzt zurückbekommen.« »Ich dachte schon, Karstensen hätte ihn vergessen.« »Nein, hat er nicht. Er hat mich gerade ins Lehrerzimmer gerufen. Er teilte mir mit, dass meine Arbeit mit Abstand die schlechteste sei. Dieser dämliche Arsch hat mir null von achtunddreißig Punkten gegeben. Er sagt, ich bin versetzungsgefährdet. Da meine Leistungen in den letzten Wochen sowieso ziemlich abgesackt sind. Und das nicht nur in Mathe.« »Und was machst du jetzt?« »Ich werde mir nach dieser Stunde erst mal einen fetten Joint reinziehen. Danach sieht die Sache schon wieder ganz anders aus.« »Gute Idee.«

Natürlich kamen weder er noch ich auf die naheliegendste Lösung zur Bewältigung unserer Probleme. Zum Beispiel indem wir einfach mehr gelernt hätten. Stattdessen kifften wir so oft wie möglich. Meine Arbeit war ebenfalls nicht besonders gut ausgefallen. Ich hatte mit Hängen und Würgen eine Vier geschafft. Doch das lag, wie ich versuchte mir einzureden, nicht an mir, sondern an der Trigonometrie. In Geografie waren die Zyklone, in Politik die Kommunisten und in Geschichte die Weimarer Republik schuld an meinem Versagen.

Ein paar Tage, nachdem wir unsere Mathematikarbeit zurückerhalten hatten, wurde auch ich zu Herrn Karstensen bestellt. Er war unser Klassenlehrer, unterrichtete Mathematik und Geografie und hatte außerdem das Amt des stellvertretenden Direktors inne. Karstensen war ein kleiner, hagerer, lediger Mann Ende vierzig, mit Halbglatze und Brille. Als ich das Lehrerzimmer betrat, machte er einen sehr ernsten Eindruck. Er war immer bestrebt, bei seinen Schülern den Eindruck eines väterlichen Freundes zu erwecken, und gab sich stets verständnisvoll und aufmerksam in Bezug auf mögliche häusliche oder schulische Probleme.

»Setz dich, Mark«, begann er. Nachdem ich auf einem Stuhl ihm gegenüber lässig Platz genommen hatte, fuhr er fort: »Mark, hast du in letzter Zeit irgendwelche Sorgen oder Probleme?« »Nein«, antwortete ich. »Deine Leistungen haben sich in der letzten Zeit extrem verschlechtert.« »Vielleicht ein bisschen«, gab ich zurück. »Das würde ich nicht sagen. Im ersten Halbjahr warst du einer der Besten in deiner Klasse.« »Ja.« »Liegt es vielleicht daran, dass du des Öfteren mit Patrick Weihbach oder den Bayer-Brüdern unterwegs bist.« »Wie kommen Sie denn darauf?«, wollte ich wissen. »Nun, auch deren Leistungen haben sich extrem verschlechtert. Du bist zwar noch nicht versetzungsgefährdet, aber wenn es mit deinen Noten weiterhin so bergab geht, sehe ich große Probleme auf dich zukommen.« »Ich werde das schon schaffen.« »Vielleicht sollte ich mal mit deinen Betreuern oder mit deinen Eltern sprechen.« »Das ist nicht nötig«, sagte ich etwas lauter als beabsichtigt. »Ich meine es nur gut mit dir.« »Ja, ich weiß. Aber ich pack das.« »Und du bist ganz sicher, dass alles in Ordnung ist?« Er sah mir tief in die Augen. »Ja, ganz sicher.« Nachdem er mich noch etwa ein halbes Dutzend Mal gefragt hatte, ob wirklich alles in Ordnung sei, konnte ich das Lehrerzimmer verlassen, nachdem er mir noch einmal nachdrücklich eingebläut hatte, mich auf den Hosenboden zu setzen und zu lernen.

Nach diesem äußerst demoralisierenden Gespräch verlangte es mich nach einer Tüte. Ich schlenderte in den Park. Es war noch früh am Tag und deshalb herrschte noch kein reges Geschäftstreiben. Nur Oliver und Alexander saßen auf einer Bank und diskutierten darüber, wer in einem Boxkampf wohl besser abschneiden würde. Batman oder einer von den Heroe Turtles. Die Diskussion drohte zu eskalieren, als Oliver meinte, eine Schildkröte könne niemals eine Fledermaus besiegen. Worauf Alexander etwas gereizt antwortete, eine Wasserschildkröte hätte durchaus eine reale Chance gegenüber einer Fledermaus. Eben weil sie keine Land-, sondern eine Wasserschildkröte sei. Die beiden konnten sich nicht einigen und gingen ihrer Wege. Ich saß also ganz alleine im Park und drehte mir eine Tüte, als sich neben mir plötzlich jemand auf die Bank setzte. Ich glaubte meinen Augen nicht zu trauen, als ich Katja erblickte, die mich anlächelte: »Darf ich auch mal ziehen, wenn er fertig ist?« Ich starrte sie an. Dann antwortete ich: »Klar«, wobei ich versuchte, besonders lässig zu wirken und so zu tun, als ob ihre Anwesenheit mich nicht weiter interessierte. Als der Joint fertig war und sie ihren ersten Zug genommen hatte, sagte sie: »Guter Stoff.« »Hast du schon mal gekifft?«, wollte ich wissen. Aber sie lachte nur. Dann fragte sie: »Was machst du denn hier so ganz alleine?« »Gammeln.« »Und wo sind die anderen?« »Welche anderen?« »Na, deine ganzen Freunde. Patrick, Martin und wie sie alle heißen.« »Keine Ahnung.« Es trat eine kurze

Pause ein. Dann sagte sie ganz unvermittelt: »Was sind eigentlich die Friedensstifter?« Diese Frage hatte gesessen. Und ich war mir sicher, das wusste sie. »Wie bitte?«, gab ich zurück. »Ach, komm schon. Du weißt doch ganz genau, wovon ich rede. Dieser kleine Geheimbund. Den du und Patrick gegründet habt.« Ich starrte sie an und ärgerte mich gleichzeitig darüber, dass ich meine Verwunderung so offen zum Ausdruck brachte. »Susi hat mir da so einiges erzählt.« »Woher will die denn das wissen?« »Na, von Patrick, Dummerchen.« Dass sie mich Dummerchen nannte, gefiel mir überhaupt nicht. Gleichzeitig bekam ich eine riesengroße Wut auf Patrick. Dieser dämliche Angeber. Dass der die Klappe nicht halten konnte, hätte ich gleich wissen müssen. »Was willst du überhaupt?«, fragte ich gereizt. »Hey, schon gut. Du musst es mir nicht erzählen, wenn du nicht willst.« »Gut, will ich auch nicht.« Sie lachte. »Eigentlich bist du ja ganz süß«, meinte sie und rückte ein Stück näher. »Ja, das sagen alle.« »Ho, ho, ho. Da hat aber jemand ein großes Selbstbewusstsein.« »Stört's dich?«, fragte ich immer noch etwas verärgert. Was zum Teufel wollte die von mir? »Weißt du eigentlich, dass ziemlich viele Mädchen der Schule auf dich stehen?« »Ja, und?« »Ja, und? Was soll das heißen? Ja, und. Bist du schwul oder was?« Ich sprang auf. »Was bildest du dir eigentlich ein?« Ich warf den Joint weg. »Hey, komm schon. Tut mir leid. Setz dich wieder. Es war nicht so gemeint.« Ich setzte mich wieder neben sie. Dann sagte ich: »Es ist nur so, dass mich keine von denen interessiert.« Ich sah ihr tief in die Augen. Und dann, aus heiterem Himmel, küsste sie mich. Ich war so perplex, dass mir gar nichts anderes einfiel als mitzumachen. Mir fiel nicht im Traum ein, danach zu fragen, warum sie das tat, obwohl sie mich noch vor einem

Vierteljahr eiskalt hatte abblitzen lassen. Wir küssten uns. Ihre Zunge wirbelte in meinem Mund nur so hin und her. Ich kam mir schrecklich ungeschickt vor. Und dann, bevor ich mich versah, war ihre Hand in meinen Boxershorts. Das war einfach nicht zu fassen. Nicht etwa dass es mich in irgendeiner Form gestört hätte. Es war einfach nur surreal und gleichzeitig ziemlich geil. Wir trieben es am helllichten Tag mitten auf einer Parkbank. Während unsere Hüften rhythmisch gegeneinander stießen, drangen immer wieder leise Seufzer an mein Ohr. Doch so schnell der Akt begonnen hatte, so schnell war er auch wieder vorbei. Dann stand sie wortlos auf, zog sich wieder an und ging davon, ohne sich noch einmal umzusehen. Ich verstand die Welt nicht mehr. Und mit Sicherheit hatte ich mir meinen ersten Geschlechtsverkehr anders vorgestellt. Aber was wollte ich eigentlich? Immerhin hatte ich mit dem schönsten Mädchen der Schule Sex auf einer Parkbank. Ich stand auf, zog mich an und ging in mein Wohnhaus.

Ich lief schnurstracks zu Patrick, um ihm eine Standpauke zu halten. Als ich sein Zimmer betrat, waren auch Martin und Phillip anwesend. Sie saßen relaxt auf dem Bett und hörten Eminem. Die drei begrüßten mich freundlich. »Hey, Mark, wo warst du? Wir haben dich schon gesucht.« Ich schnauzte Patrick an: »Was hast du Susi über die Friedensstifter erzählt?« Er war überrascht. »Nichts.« »Ach ja? Und warum weiß dann Katja davon? Sie sagt, sie weiß es von Susi und die weiß es von dir, verdammt.« »Du hast mit Katja gesprochen? Wie kam es denn dazu?«, fragte Patrick überrascht. »Versuch nicht abzulenken«, raunzte ich ihn an. »Ich hab ihr nichts Schlimmes erzählt«, versuchte Patrick mich zu beschwichtigen. »Sie weiß nur den Namen und dass wir uns gegenseitig etwas unterstützen. Unser veränderter Klamottenstil musste doch Fragen hervorrufen.« »Diese Veränderungen hast du aber herbeigeführt«, meldete sich Phillip zu Wort. »Bleib locker, Alter. Sie weiß so gut wie nichts«, meinte Patrick. Ich kochte vor Wut. Das sah ihm ganz ähnlich. Die Dinge so herunterzuspielen. »Keine Weiber, Mann! Das war der Deal«, raunzte ich. »Keine Weiber und auch sonst keiner, der kein Kunde ist, darf etwas davon erfahren.« »Tut mir leid, Jungs. Ich hab mir nichts dabei gedacht.« »Offensichtlich nicht«, meinte Martin. »Ansonsten hättest du es ja sein gelassen.« »Kommt schon, ich tue das nie wieder. Aber können wir die Sache nicht vergessen? Ich weiß, es war ein Fehler. Ich werde es nie wieder tun. Versprochen.« Keiner von uns konnte ihm lange böse sein. Und nachdem wir ihm eingebläut hatten, die Klappe zu halten, kamen wir auf etwas anderes zu sprechen. Denn Martin meinte: »Hört mal, Leute. Ich glaube, wir werden an dieser Schule keine weiteren Kunden an Land ziehen. Wir haben ja schon alle nichtweiblichen Wesen angesprochen außer denen, von denen wir überzeugt waren, sie würden nichts kaufen oder uns sogar verpetzen, und denen, die ihr eigenes Gras mitbringen. « In solchen Momenten drängte sich mir wieder einmal die Frage auf, warum wir eigentlich keine Mädchen belieferten. Sie hätten bestimmt einen großen Absatzmarkt dargeboten. Aber sofort fiel es mir wieder ein. Mädchen waren in unserer Gruppenideologie dumme, naive, einfältige, geschwätzige und unzuverlässige Wesen. Darum konnten wir keine Geschäfte mit ihnen abwickeln.

Martin fuhr fort: »Ich finde, wir sollten unser Absatzgebiet außerhalb der Mauern des Internats vergrößern.« »Du meinst, wir sollten unseren Stoff in der Stadt verkaufen?«, fragte Phillip. »Genau das.« »Ich weiß nicht, das klingt wesentlich gefährlicher. Was ist mit den Bullen?«, warf ich ein. »Wir suchen uns eben einen Platz, an dem es keine gibt.« »Ich bin dafür«, meinte Patrick. »Das ist 'ne Menge Kohle, die da auf uns wartet.« »Und was gibt es hier für Stellen, an denen es keine Polizei gibt?«, wollte ich wissen. »Zum Beispiel am Kanal«, meinte Martin beflissen. »Am Kanal laufen abends eine Menge Leute entlang, wenn sie auf dem Weg zum Bahnhof sind. Aber Polizisten gibt es da nicht. Eine Menge Bäume und Sträucher stehen da auch rum. Im Grunde genommen ziemlich unübersichtlich und total ungefährlich.« »Sind wir dafür nicht etwas overdressed?«, warf Phillip ein. »I wo, das verleiht uns doch einen seriösen Anschein«, erwiderte Patrick. »Also gut. Warum eigentlich nicht. Ich bin dabei«, stimmte ich zu. »Na ja. Man könnte es ja mal ausprobieren«, meinte Phillip.

Als ich am nächsten Morgen im Schulhaus umherlief, sah ich Katja schon von weitem. Sie kam mir entgegen und war wie immer von einer dicken Traube anderer Mädchen umringt. Als wir auf einer Höhe waren, blieb ich stehen, um sie zu begrüßen. Eigentlich nahm ich an, sie würde das auch tun. Aber es hatte ganz den Anschein, als beabsichtigte sie, einfach an mir vorüberzugehen, obwohl sie mich hundertprozentig bemerkt haben musste. Ich blieb stehen und rief freundlich: »Hallo.« Für einen Moment hielt sie inne. Wir standen uns gegenüber und sahen uns an. Aber auf ihrem Gesicht spiegelte sich ein anderer Ausdruck wider als der vom Vortag. Sie sah mich an, wie man einen Fremden ansieht. Vielleicht sogar wie jemanden, für den man eine gewisse Antisympathie entwickelt. Im Grunde genommen spiegelte ihr Blick völlige Gleichgültigkeit wider. Nach einigen Sekunden wandte sie sich wortlos ab und ging davon. Ich blieb zurück und starrte ihr nach. Es sollte das letzte Mal gewesen sein, dass ich ein Wort an sie gerichtet hatte.

Eigentlich hätte ich mich gedemütigt oder benutzt fühlen sollen. Und im ersten Moment tat ich das auch. Ja, ich kam mir vor wie ein kleiner dummer Schuljunge. Eben wie das, was ich im Grunde genommen auch war. Auf einmal hatte Katja überhaupt nichts Engelsgleiches mehr an sich. Im Gegenteil. Sie erschien mir viel eher wie die Herrin der Finsternis. Doch nach einer Weile entwickelte ich eine Art Gleichgültigkeit. Denn wenn ich mir selbst gegenüber ehrlich war, dann hatte die Art, wie sie sich am Vortag von mir verabschiedet hatte oder viel mehr wie sie sich am Vortag nicht von mir verabschiedet hatte, etwas Ähnliches erahnen lassen. Und wenn ich genauer darüber nachdachte, dann war es besser, sie stieß mich auf diese Art vor den Kopf, als wenn sie mir etwas vormachte und mir irgendwann später das Herz brach.

Bereits eine Woche später verschwendete ich keinen einzigen Gedanken mehr an Katja.

Es gab Wichtigeres zu tun. Und so bereiteten die Friedensstifter sich darauf vor, ihr Imperium zu vergrößern und der Welt den Segen zu bringen.

Also brachen Martin und ich an einem Montagabend kurz nach Sonnenuntergang auf in Richtung Kanal. Wir liefen am rechten Ufer entlang, wo sich ein kiesbestreuter Weg befand, der sich rechts von der üppig bewachsenen Böschung und links von einem schmalen Streifen Wald einige hundert Meter hinzog und in einer Fußgängerzone, in der Nähe des Bahnhofs, endete. Patrick und Phillip wollten sich zeitgleich das linke Ufer vornehmen. Am Wegrand standen in regelmäßigen Abständen eine Menge Bänke. Martin und ich setzten uns auf eine von ihnen und warteten auf unseren ersten Kunden. Es dauerte auch nicht lange, da stieß mich Martin an. »Was hältst du von dem da?« Er deutete auf einen Jungen, der schätzungsweise elf oder zwölf Jahre alt war und eine Sporttasche über der Schulter trug. Ich hatte gelernt, dass man in der Auswahl seiner Kunden nicht wählerisch sein durfte und auch keine Skrupel haben durfte, wenn man Geld verdienen wollte. Also sagte ich: »Okay.« Wir standen auf. Der Junge war vielleicht noch zehn Meter von uns entfernt. Wir bauten uns auf dem Weg auf, sodass er es schwer haben würde, an uns vorbeizukommen. Der Junge blieb stehen, als er uns sah. Wir gingen langsam auf ihn zu. Martin lächelte und sagte: »Guten Abend«, wobei wir ihm immer näher kamen. »Du siehst aus, als wärst du ein cooler Typ.« Wir waren jetzt noch etwa zwei Meter von dem Jungen entfernt. Martin zog ein Päckchen Gras aus seiner Tasche. »Dürfen wir dir vielleicht etwas zur Entspannung anbieten?« Wir blieben stehen. Der Junge starrte uns an. Dann drehte er sich wortlos um und rannte davon. »Diese Reaktion hatte ich nicht erwartet«, sagte Martin tonlos. Er stand immer noch da, mit dem Pot in der Hand. »Pack das Zeug wieder ein«, sagte ich. »Das fängt ja gut an«, meinte Martin enttäuscht. »Eigentlich hat er sich genau richtig verhalten«, sagte ich. Wir setzten uns wieder auf die Bank. »Und wenn der Knirps jetzt die Bullen ruft?«, fragte ich besorgt. »Wenn das der Fall sein sollte, schmeißen wir das Gras einfach ins Wasser und rennen weg.« »Den nächsten Kunden suche ich aus.« »Von mir aus.« Nach einigen Minuten tauchte ein junger Mann mit Irokesenschnitt auf. Ich stieß Martin an. »Den da.« Wir erhoben uns. Diesmal gingen wir etwas zurückhaltender vor, zumal der Typ uns wie ein Turm überragte. Wir versperrten ihm nicht den Weg, sondern gingen von der Seite auf ihn zu. Ich sprach ihn an. »Entschuldigung, hätten Sie vielleicht mal eine Minute Zeit?« Der Mann blieb stehen. Ich ging auf ihn zu und lächelte ihn an. »Hätten Sie vielleicht Interesse daran, etwas zu rauchen, das Ihren Körper und Ihren Geist in einen Zustand der Glückseligkeit versetzt?« Der Mann sah mich einen Moment lang prüfend an. Dann fing er an zu schmunzeln und meinte: »Nichts dagegen einzuwenden.« Martin trat vor. Ganz Geschäftsmann klärte er den Mann über die verschiedenen Intensitäten und die Preisklassen auf. Anfangs bestand der noch darauf, den Stoff erst zu testen und dann zu bezahlen, damit wir ihn nicht übers Ohr hauen konnten. Wir sagten ihm, das sei nicht drin, aber wir könnten für die gute Wirkung garantieren und würden als Zeichen unserer Vertrauenswürdigkeit so lange da bleiben, bis er eine erste Tüte geraucht habe. Er erklärte sich einverstanden. Und nachdem er seinen ersten Joint aufgeraucht hatte, kaufte er noch zwei weitere Packungen vom stärksten Stoff, den wir hatten.

Danach lief alles wie am Schnürchen.

Als Nächstes sprachen wir eine Gruppe gackernder, vierzehnjähriger Schulmädchen an, die auf dem Weg zu einer Party waren. Sie fraßen uns aus der Hand und kauften die Hälfte der Vorräte, die wir dabeihatten.

Als wir drei Stunden später wieder mit Phillip und Patrick im Internat zusammentrafen, mussten wir feststellen, dass Phillip ein blaues Auge hatte. »Wie ist das denn passiert?«, wollte Martin wissen. »Anfangs lief eigentlich alles ganz gut«, erklärte Phillip, der mit einem Eisbeutel auf seinem Bett saß. »Aber schon die zweite Person, die wir ansprachen, zeigte sich alles andere als begeistert, als wir sie fragten, ob sie nicht Lust habe, etwas zu rauchen.« Patrick sprach weiter: »Das war so ein Zwei-Meter-Typ. Riesig breite Schultern und ein Kreuz wie ein Ochse. Der hat Phillip gleich ein paar reingesemmelt.« »Und warum dir nicht?«, wollte ich wissen. »Na, weil ich zurückgewichen bin.« Martin warf ihm einen bösen Blick zu. »Danach sind wir natürlich gleich wieder heimgegangen. So kann ich ja unmöglich rumlaufen, geschweige denn Gras verkaufen. Und alleine konnte ich Patrick ja auch nicht lassen. Das war ja ausgemacht. Nie alleine.« »Ja, für den Fall, dass so etwas wie heute passiert«, sagte Martin und funkelte Patrick böse an. Der versuchte das zu ignorieren. »Wir sollten auch immer nur einzelne Personen ansprechen. Soweit es sich um Männer handelt«, sagte ich. Die anderen pflichteten mir bei. »Haben die Betreuer etwas gemerkt?«, wollte Martin wissen. »Ja, haben sie. Aber ich habe ihnen nicht viel erzählt. Hab ihnen gesagt, eine Bande von Rowdys wollte uns ausnehmen.« »Haben sie es geglaubt?« »Klar haben sie das.«

Unsere Abwesenheit war im Internat nicht unbemerkt gebliebenen. Etliche unserer Kunden warteten schon sehnsüchtig auf unsere Rückkehr. Uns wurde klar, wenn wir unsere Geschäfte auch weiter in der Stadt abwickeln wollten, mussten wir dafür sorgen, dass sich jemand um unsere Stammkunden im Internat kümmerte, wenn wir nicht da waren. Wir beschlossen Alexander und Oliver zu fragen. Denn wir hatten allein an diesem Abend am Kanal fast dreihundert Euro eingenommen. Die Stadt war nichts anderes als eine riesige Goldgrube, die darauf wartete, ausgenommen zu werden. Darin waren wir uns einig.

»Vielleicht sollten wir Alex und Oli, vorausgesetzt sie machen es denn, ab und zu auch mal in die Stadt schicken«, schlug ich vor. »Das wäre für uns nicht so gefährlich.« »Kommt gar nicht in Frage«, meinte Martin. »In der Stadt verdienen wir viel mehr als hier auf dem Gelände. Die wollen sicher Prozente. Umsonst machen die das bestimmt nicht. Außerdem haben die beiden gar nicht die nötige Ausstrahlung für so was und sie wissen auch nicht, wie man in diesem Geschäft auf Leute zugeht.« »Aber du weißt es«, verhöhnte ich ihn. »Das hat man heute Abend ja gesehen.« »Fick dich, Mark.« Martin fuhr fort: »Und wenn eines Tages dann doch mal die Bullen auftauchen, dann werden die beiden alles erzählen, was sie wissen. Dann tauchen die Polypen hier auf, nehmen uns fest und wir fliegen außerdem noch von der Schule. Dann können wir gleich selber in die Stadt gehen und uns dieser Gefahr aussetzen.« »Du wurdest ja auch nicht verprügelt«, warf Phillip ein. Martin überhörte das. »Ich werde die beiden Mal fragen«, sagte Patrick.

»Was macht ihr eigentlich in den Sommerferien?«, fragte ich die anderen so ganz nebenbei. »Wir sind mit unseren Eltern eine Woche im Bursch el Arab in Dubai«, sagte Martin. »Ich werde mir in den Ferien eine Braut suchen«, meinte Patrick. »Ich dachte, du bist mit Susi zusammen«, warf Phillip ein. »Ja, bin ich auch noch. Aber sobald ich was Besseres gefunden habe, mache ich mit ihr Schluss.« »Was stimmt denn mit ihr nicht?«, wollte ich wissen. »Machst du Witze? Die hat in den letzten drei Wochen um fünfhundert Pfund zugenommen. Die wiegt mittlerweile schon an die fünfzig Kilo. Und das bei einer Größe von einem Meter und siebzig. Was soll ich denn mit so einer fetten Qualle?« Ich lachte. »Du hast echt eine Schraube locker, Mann!« »Apropos Sommerferien«, sagte Martin, dem etwas einfiel. »Ihr wisst ja, dass es bald Zeugnisse gibt. In sieben Wochen, um genau zu sein. Es stellt sich die ernsthafte Frage, ob wir versetzt werden. Ich bezweifle natürlich keinesfalls, dass das, was wir in den letzten Monaten getan haben, Vorrang hatte. Aber wir müssen uns dennoch Gedanken darüber machen, wie wir in die elfte Klasse kommen. Ich habe keine Lust, ein Jahr länger die Schulbank zu drücken als notwendig. Mit Sicherheit geht es euch da ähnlich. Zumal meine Eltern mich umbringen, wenn sie erfahren, dass ich sitzen bleibe. Gleichzeitig habe ich jedoch nicht die geringste Lust, mich auf den Hosenboden zu setzen und zu lernen oder so'n Scheiß. Und ich bin mir sicher, auch da geht es euch ähnlich.« »Worauf willst du hinaus?«, fragte ich gespannt. »Wir haben, seit wir mit dem Dealen angefangen haben, ein kleines Vermögen eingenommen. Dazu bekommen wir noch eine ganze Menge Taschengeld. Und wir können davon ausgehen, dass es in der nächsten Zeit noch mehr werden wird, da wir bereits unsere ersten Kontakte in der Stadt geknüpft haben und die Leute wissen, dass wir dort in der nächsten Zeit regelmäßig anzutreffen sein werden.« Was willst du damit sagen?«, wollte Phillip wissen. »Wir alle haben Probleme in Mathematik und Geografie, das sind zwei Fächer, die uns das Genick brechen können.

Beide Fächer werden von Herrn Karstensen unterrichtet. Er ist nicht nur Lehrer, sondern auch stellvertretender Direktor. Er hat einen gewissen Einfluss. Und ich glaube, dass jeder bestechlich ist, wenn du nur genug Scheine auf den Tisch legst.« Wir starrten Martin an. Auf diese Idee war noch keiner gekommen. »Du bist wahnsinnig«, sagte ich. »Das ist genial«, meinte Patrick. »Das funktioniert nie und nimmer«, meinte Phillip. »Der Karstensen ist ein Moralapostel schlechthin.« »Habt ihr vielleicht eine bessere Idee? Ich glaube kaum, dass einer von euch Lust hat, etwas für seine guten Noten zu tun.« Damit hatte er den Nagel auf den Kopf getroffen. »Dafür könnte der uns von der Schule schmeißen.« »Nicht wenn wir genug Zaster auf den Tisch packen.« »Aber das meiste ist für die scheiß Anzüge draufgegangen«, meinte Phillip. »Glaub mir, Bruderherz. Da ist immer noch genug da.«

5. Kapitel

Zwanzig Stunden später saß ich im Büro von Herrn Karstensen. Er saß mir gegenüber auf der anderen Seite seines Schreibtisches und sah mich erwartungsvoll an. Dadurch dass er ein eigenes Büro besaß, wurde unser Vorhaben ungemein erleichtert, denn wir brauchten keine Angst haben, dass jemand etwas von unserem Bestechungsversuch mitbekam. Ich konnte immer noch nicht glauben, dass ich mich wirklich dazu hatte breitschlagen lassen, diese Aufgabe zu übernehmen. Wenn das hier in die Hose ging, und daran hatte ich kaum Zweifel, dann konnte ich gleich meine Koffer packen. Was auch immer mir die anderen drei versprochen hatten, damit ich zu Karstensen ging, sie konnten es behalten. Meine Eltern würden mich umbringen. Aber die Chancen, dass er das Angebot annehmen würde, waren noch viel geringer, wenn er spürte, dass ich die Hosen voll hatte. Ich musste um jeden Preis so cool wie möglich wirken. Cool und seriös. Das konnte ich. Ich war cool. So was von cool. Der Coolste weit und breit. Viel cooler als dieser kleine Mann mit Halbglatze.

»Nun, Mark, weswegen wolltest du mich sprechen? Kann ich irgendetwas für dich tun?« Ich beschloss, dass es selbstbewusster wirkte, wenn ich mich vor diesem kleinen Mann in meiner vollen Größe aufrichtete. Ich stand auf. Mein Anzug war frisch aus der Reinigung, meine Haare waren gestylt, es konnte losgehen. »In der Tat, Herr Karstensen. Sie können etwas für mich tun.« Ich sah ihn an. Er wartete gespannt. Ich versuchte in meine Stimme so viel Selbstvertrauen wie möglich zu legen. »Sehen Sie, ich bin ein

Gesandter der Friedensstifter.« Ich machte eine Pause. Karstensen lächelte unsicher. »Friedensstifter. Was ist denn das?« »Das ist eine Organisation von Schülern, die dafür sorgen, dass die Dinge an dieser Schule so laufen, wie sie sollen.« Ich machte wieder eine Pause. Er lächelte immer noch. Auch wenn nicht mehr ganz so breit. »Wir wissen, dass Sie ein äußerst kompetenter und fähiger Mann sind, Herr Karstensen. Und als stellvertretender Direktor haben Sie eine gewisse Stellung inne. Jeder hier weiß, dass das Amt des Direktors nicht im Geringsten eine Herausforderung für Sie darstellen würde. Sie unterrichten Geografie und Mathematik. Zwei Fächer, mit denen viele Schüler große Probleme haben. Wir, das heißt die Friedensstifter, würden Ihnen gerne ein Geschäft vorschlagen.« Ich zog ein Bündel Fünfzig-Euro-Scheine aus der Tasche und legte es auf den Tisch. »Im Gegenzug sorgen Sie dafür, dass die Zeugnisnoten von Patrick Weihbach, Martin und Phillip Bayer und meiner Wenigkeit auf keinen Fall schlechter ausfallen als Drei.« Er starrte mich an. Das Lächeln war von seinem Gesicht ganz und gar verschwunden. »Es handelt sich lediglich um die Noten von Mathe und Geo«, fügte ich hinzu. Er sah mich immer noch wortlos an. Das war es jetzt, dachte ich mir. Du bist so gut wie geliefert.

Großer Gott, was hatte ich mir nur dabei gedacht? Und dann, ganz langsam, wanderte Karstensens Hand über den Tisch und griff nach dem Bündel. Er hielt es vor die Augen und blätterte die Scheine langsam durch. Hätte ich es nicht besser gewusst, hätte ich schwören können, der zählte die Scheine. Als er fertig war, legte er das Bündel wieder auf den Tisch und sah mich erneut an. »Wenn das ein schlechter Scherz ist, so wäre jetzt der passende Moment gekommen, damit herauszurücken.« Wahrscheinlich sollte ich das tun, schoss es mir durch den Kopf. Vielleicht sollte ich einfach sagen, die Sache sei nur ein Scherz, das Geld wieder einstecken und gehen. Aber ich sagte: »Kein Scherz.« Eigentlich war es mehr so eine Art Krächzen. Wir sahen uns eine ganze Weile in die Augen. Und mit jedem Moment wurde mir unbehaglicher zumute. Ich sah schon mein Leben an mir vorüberziehen, als Karstensen erneut nach dem Bündel griff, es einsteckte und sagte: »Sag deinen Freunden, ich werde sehen, was ich für euch tun kann.« Ich glaubte meinen Ohren nicht zu trauen. Wie angewurzelt stand ich da. »Ist sonst noch etwas?« Ich schüttelte den Kopf. »Na dann, einen schönen Abend noch.« Er lächelte mich an. Ich drehte mich wortlos um und ging aus seinem Büro.

»Und wenn der uns nur verarscht?«, meinte Phillip, als ich den anderen von meiner Begegnung mit Karstensen erzählte. »Wie meinst du das?«, fragte Patrick. »Na, er könnte doch das Geld behalten und trotzdem nichts für uns tun. Wir können ja schlecht was dagegen unternehmen, ihn anzeigen oder so.« »Ja, könnte er«, stimmte Martin ihm zu. »Aber wenn, dann können wir auch nichts daran ändern. Wir haben es halt versucht.« »Außerdem glaube ich, dass der Karstensen nicht so ein Typ Mensch ist. Er hat ja praktisch einen Vertrag mit uns«, sagte ich. »Ach, komm schon, Vertrag. Er hat lediglich gesagt, er will sehen, was er tun kann. Das heißt noch gar nichts«, meinte Phillip. »Wir müssen einfach abwarten und hoffen.« »Ich kann immer noch nicht glauben, dass er das Geld wirklich genommen hat. Gerade von ihm hätte ich das am wenigsten erwartet«, meinte ich.

Befanden wir uns auch im Ungewissen darüber, ob wir es

geschafft hatten, uns für die elfte Klasse zu »qualifizieren«
oder nicht, nach unserer Meinung hatten wir alles dafür
getan, was wir konnten. Also gingen wir wieder unserer
Hauptbeschäftigung nach. Wir dealten. Alexander und
Oliver hatten sich bereit erklärt, für uns auf dem Internatsgelände zu arbeiten, und verlangten fünfundzwanzig
Prozent des Ertrages. Martin konnte die beiden bis auf
zwanzig Prozent runterhandeln und die Sache war geritzt.
Jetzt, da wir noch mehr Zeit hatten unseren Kundenkreis in
der Stadt zu erweitern, nahmen wir wesentlich mehr Geld
ein als zuvor. Wir hatten sehr bald feste Stammkunden, mit
denen wir uns regelmäßig trafen. Bedingung war, dass sie
immer allein an den Treffpunkten erschienen. Wir machten
Kohle ohne Ende. Und dann kamen die Sommerferien. Einen Tag vor Ferienbeginn erhielten wir unsere Zeugnisse.
Tatsächlich hatte jedes unserer Cliquenmitglieder eine Drei
in Mathematik und Geografie. Damit war unsere Verset-
zung in die elfte Klasse gewährleistet. Dies hinderte meine
Eltern nicht daran, die Hände über dem Kopf zusammenzuschlagen, als sie mein Zeugnis lasen. Noch am ersten
Ferientag organisierten sie mir für die Ferien einen Nach-
hilfelehrer, der mich an drei Tagen in der Woche besuchte.
Dadurch flogen die Ferien geradezu an mir vorbei. Und so
schnell der Sommer begonnen hatte, neigte er sich auch
wieder seinem Ende zu.

Man sollte meinen, wir hätten aus dem letzten Schuljahr
gelernt. Doch schon am Abend unseres ersten Schultages
gingen wir wieder an den Kanal. Martin und ich waren
wieder zu zweit unterwegs. Wir verkauften in der ersten
halben Stunde Marihuana für mehr als einhundert Euro.
Und schon nach einer weiteren Stunde war alles, was wir

dabeihatten, ausverkauft. Wir traten den Rückweg an. Und zwar nicht in Richtung Fußgängerzone, sondern in die entgegengesetzte Richtung, wo nach einigen hundert Metern eine kleine Seitenstraße vom Kiesweg abzweigte. In diese Seitenstraße bogen wir ein. Es war eine sehr schlecht beleuchtete Straße und außer uns war kein Mensch zu sehen. Die Lichter in den heruntergekommenen Einfamilienhäusern waren ohne Ausnahme erloschen. Über das Kopfsteinpflaster kam uns in hohem Tempo ein dunkler Opel entgegen. Er beschleunigte sogar noch und hielt plötzlich völlig abrupt neben uns. Ehe wir uns versahen, sprangen drei Männer aus dem Wagen. Einer von ihnen hatte einen Totschläger oder etwas Ähnliches in der Hand. Genau konnte ich es aufgrund der schlechten Lichtverhältnisse nicht sehen. Jedenfalls sprangen die drei Gestalten auf uns zu. Martin und ich waren so verdattert und überrascht, dass wir keine Ahnung hatten, wie uns geschah. Der Typ mit dem Totschläger war mit einem Satz bei Martin und hieb ihm damit gehörig auf den Kopf. Martin sackte auf der Stelle zusammen. Die beiden anderen packten mich an den Armen und hielten mich fest. Als ich auf die Idee kam zu schreien, war es bereits zu spät. Einer von beiden drückte mir einen Lappen mit einer Ekel erregend riechenden Flüssigkeit auf das Gesicht. Sofort wurde mir schwindelig. Natürlich versuchte ich mich nach Kräften zu wehren, aber aus dem eisernen Griff der Arme, die sich mir wie riesige Pranken um den Oberkörper schlangen, konnte ich mich nicht befreien. Dazu kam noch die Wirkung des stechenden Geruchs, der sich in meiner Nase breitmachte. Der Kampf dauerte nur wenige Sekunden. Noch bevor mein Widerstand ganz zum Erliegen gekommen war, zerrten mich die drei Männer ins Auto, das mit quietschenden Reifen losbrauste. Mein letzter Gedanke, bevor mich die Ohnmacht übermannte, war: Was zum Teufel wollen die von mir?

Das Erste, was ich wahrnahm, als ich erwachte, war, dass ich saß. Man hatte mich auf einem Stuhl festgebunden. Mein Rücken schmerzte. Wer weiß, wie lange ich in dieser Haltung schon verharrt hatte. Im Hintergrund unterhielten sich mehrere Personen. Ich hielt die Augen fest geschlossen. Seltsamerweise hatte ich den Eindruck, so lange ich so tat, als würde ich schlafen, war ich sicher. Sicher, vor wem auch immer. »Hat eine ganz schöne Kraft, der Kleine.« »Tja, aber offensichtlich ist er nicht kräftig genug.« »Sollen wir ihn schon mal wecken?« »Nein, er hat doch gesagt, erst wenn er auch im Raum ist.« In diesem Moment öffnete sich eine Tür. Offensichtlich betraten einer oder mehrere Männer den Raum. »Macht den Scheinwerfer an«, befahl eine osteuropäisch klingende Männerstimme. Es klickte. Das Licht war so hell, dass es durch meine Augenlider hindurch brannte. Ich kniff die Augen fest zusammen und versuchte mich von der Lichtquelle wegzudrehen, die sich offensichtlich unmittelbar vor mir befand. »Der ist ja schon wach.« »Habt ihr irgendwelche Namen fallen lassen?«, wollte der Osteuropäer wissen. »Natürlich nicht, Boss.« »Gut für ihn. Hey, du, mach die Augen auf!« Diese Aufforderung galt ganz offensichtlich mir. Ich blinzelte. Auf einem Hocker vor mir stand ein Scheinwerfer. Das Licht brannte unwahrscheinlich schmerzhaft in meinen Augen. Ich kniff sie wieder zu. Von der anderen Seite des Raumes dröhnte die Stimme: »Mach die Augen auf!« Mein Kopf schmerzte. »Es ist zu hell«, rief ich der Stimme entgegen. Es trat eine kurze Pause ein. Offenbar genossen meine Peiniger das Schauspiel, das sich ihnen darbot. »Wie heißt du?« »Mark.«

»Also gut, Mark. Weißt du, warum du hier bist?« »Nein.«
Mein Schädel dröhnte. »Wirklich nicht?« Der Scheinwerfer
wurde heller. »Nein!« »Du bist hier, weil du dich in unsere
Geschäfte eingemischt hast, Junge.« »Aber, was hab ich
denn getan?« Ich wand mich auf meinem Stuhl, um meine
Augen vor dem Licht zu schützen. »Du hast zusammen
mit deinen Freunden versucht, euch ein kleines Imperium
aufzubauen. Wir haben euch beobachtet. Wochenlang. Wir
bekommen sehr schnell mit, wenn Unbefugte versuchen,
sich in unseren Gefilden breitzumachen.« Langsam begriff
ich. Es hatte den Anschein, als waren die Friedensstifter
nicht die Ersten, die versucht hatten, aus der Zuneigung
der Stadtbewohner zu Drogen Kapital zu schlagen. »Es
war keinesfalls unsere Absicht, Ihnen Ihr Revier streitig
zu machen«, versuchte ich den Sprecher zu besänftigen.
»Das habt ihr aber.« »Tut mir leid, ehrlich«, stotterte ich.
Eine Pause trat ein. Ich hatte eine Scheißangst und ehrlich
gesagt befürchtete ich, mir jeden Moment in die Hosen zu
machen. Diese Leute waren eiskalte Profis, das spürte ich.
»Werdet ihr euch in Zukunft aus unseren Angelegenheiten
raushalten?«, fragte die Stimme mit dem osteuropäischen
Akzent. Offenbar der Anführer. »Ja«, schrie ich ihm fast
entgegen. »Werdet ihr in Zukunft eure Spielereien mit dem
Dealen sein lassen?« »Ja.« Wieder trat eine Pause ein. Dann
vernahm ich Schritte und eine Tür schlug zu. Dann hörte
ich erneut Schritte. Diesmal kamen sie auf mich zu. Ich
befürchtete schon, dass es jetzt um mich geschehen sei.
Stattdessen verband mir jemand die Augen. Das kam mir
im Grunde genommen sehr entgegen, denn so wurde das
Licht wieder etwas gedämpft. Dann wurde der Scheinwerfer sogar abgestellt und ich stöhnte auf, vor Erleichterung.
Jemand band mich vom Stuhl, sodass ich aufstehen konnte.

Meine Hände konnte ich jedoch nicht bewegen. Sie blieben weiterhin gefesselt. Offenbar befand ich mich in einer Garage, denn nur wenige Schritte von meinem Stuhl entfernt stand ein Automobil, zu dem ich geführt wurde. Mein Begleiter und ich stiegen hinten ein. Durch die geschlossene Tür hörte ich, wie ein Garagentor geöffnet wurde. Der Wagen fuhr los. Doch wenige Minuten später hielt er bereits wieder. Mir wurden die Fesseln abgenommen und ich bekam einen gewaltigen Stoß ins Kreuz, woraufhin ich aus dem Wagen flog. Ich landete auf hartem Asphalt. Der Wagen brauste davon. Die Straße war nass und kalt. Offenbar hatte es geregnet. Ich rappelte mich auf und riss mir die Binde von den Augen. Die Straße war menschenleer. Es war dunkel. Kein Auto war zu sehen. Ich versuchte mich zu orientieren. Ich befand mich nur eine Querstraße vom Internat entfernt.

6. Kapitel

Wie ich später erfuhr, hatte Martin Gott sei Dank nicht die Polizei gerufen, da er schon vermutet hatte, dass der Vorfall mit unseren Geschäften zu tun hatte. Er hatte es nach einigen Minuten geschafft, sich aufzurappeln, und war blutüberströmt und mit einer riesigen Platzwunde am Kopf zum Internat getorkelt, wo er erst mal abwarten wollte. Doch die Betreuer, so unaufmerksam sie auch waren, hatten wohl etwas bemerkt. Sie schafften ihn zum Notarzt, wo Martin genäht wurde. Eine Gehirnerschütterung hatte er laut Diagnose nicht. Dann musste er erzählen, was geschehen war. Er erfand eine Geschichte über ein Dutzend finsterer Gestalten, die versucht hatten, uns zu überfallen, und die uns, nachdem wir uns mit Leibeskräften zur Wehr gesetzt und die Hälfte von ihnen verdroschen hatten, mit Baseballschlägern niedergeknüppelt hatten. Dabei habe er mich aus den Augen verloren. Aber er sei fest davon überzeugt, dass es mir gut gehe, da ich nicht halb so viel abbekommen habe wie er. Wahrscheinlich säße ich irgendwo in einem Gebüsch am Straßenrand und harrte der Dinge. Dennoch riefen die Betreuer die Polizei und gerade als die Bullen sich die Geschichte noch einmal erzählen ließen, tauchte ich wieder auf. Ich stimmte Martins Geschichte voll und ganz zu, erzählte, dass es mir gut gehe und dass ich ebenfalls bereit sei, auf eine Anzeige zu verzichten, da die Räuber ihr Fett ja schon wegbekommen hätten. Weder die Polizisten noch die Betreuer glaubten uns. Aber was sollten sie machen? Die Betreuer meinten, sie würden unsere Eltern von dem Vorfall unterrichten müssen. Na wenn schon.

Als Martin und ich am nächsten Abend Phillip und Patrick die Geschichte erzählten, wie sie wirklich abgelaufen war, klappten den beiden die Münder auf. Besonders als ich die Szene aus der Garage beschrieb, konnten die anderen kaum glauben, was sie hörten. Auch Martin kam aus dem Staunen nicht mehr heraus. »Wir müssen die Sache beenden. Ganz klar«, sagte Martin. »Zumindest dürfen wir nicht mehr in der Stadt dealen. Aber hier auf dem Gelände dürfte das kein Problem sein.« »Ich weiß nicht«, sagte Phillip. »Sicher bin ich mir da nicht. Vielleicht beobachten sie auch das Internat.« »Das glaube ich nicht. Das würde ja bedeuten, sie dealen auch hier an der Schule. Denn ihr Boss meinte, wir würden ihnen in die Quere kommen. Was wir hier treiben, ist ihnen sicherlich egal.« »Oh, Mann. Dieses Schuljahr fängt ja gut an«, seufzte Patrick. »Wir sollten die Stadt in der nächsten Zeit so gut es geht meiden und das Dealen außerhalb des Internatsgeländes ganz sein lassen.« »Ganz meiner Meinung«, stimmte ich zu. Auch die anderen waren dafür. »Sehr gut, das bedeutet, wir müssen auch nicht mehr Alex und Olli beauftragen, für uns Pot zu verkaufen. Das spart wieder Geld«, meinte Patrick.

In den nächsten Tagen traten die Friedensstifter etwas kürzer, was das Verkaufen von Gras betraf. Der Schreck saß Martin und mir noch gehörig in den Gliedern, was natürlich keiner von uns zugab.

7. Kapitel

Als Patrick und ich eines Morgens beim Frühstück saßen, kamen wir auf das Thema Mädchen zu sprechen und ich fragte ihn beiläufig: »Wie sieht es eigentlich zwischen dir und Susi aus?« »Hab mit ihr Schluss gemacht«, meinte er beiläufig. »Wann denn?«, wollte ich wissen. »Schon letzte Woche. Die ist in den letzten Wochen irgendwie immer fetter geworden.« »Wie hast du's ihr gesagt?« »Gar nicht. Ich hab ihr eine SMS geschrieben.« »Sehr originell«, lachte ich.

»Aber du hast dir doch sicher vorher schon was Neues besorgt?« »Klar hab ich das. Sieht wesentlich besser aus. Dafür ist sie aber erst vierzehn und dumm wie Stroh. In dem Alter glauben sie dir alles.« »Na, wenn das so ist, viel Glück.«

Als wir zur Schule gingen, stieß Martin zu uns. Er war aus irgendeinem Grund aufgebracht. »Ihr wisst doch sicher, wer Jenny Müller ist, oder?«, sprudelte es aus ihm heraus. »Jeder kennt Jenny Müller«, sagte Patrick. »Auf der Liste der hübschesten Mädchen der Oberstufe steht sie ungefähr auf Platz fünf.« »Was ist mit ihr?«, wollte ich wissen. »Ich hab vor den Ferien angefangen, mich an sie ranzumachen. Ich hab ihr in den Ferien laufend SMS geschickt und sie hat jedes Mal zurückgeschrieben.« »Ja und, wo liegt das Problem?«, fragte Patrick. »Dieser Wichser, Paul Weidner, hat gestern angefangen, sie anzubaggern.« »Was hast du gegen Paul Weidner? Der ist doch ganz in Ordnung«, warf ich ein. Martin fixierte mich mit einem stechenden Blick.

»Aber jetzt ist er ein Wichser, okay, Mark?« »Schon gut, schon gut. Und was machst du jetzt?« »Keine Ahnung. Ich lass mir was einfallen.« »Du solltest dennoch auf jeden Fall am Ball bleiben«, meinte Patrick. »Ja sicher, was denkst du denn! Seine Eltern sind ja nicht mal besonders reich. Was hat der denn schon zu bieten?«, knurrte Martin. Ich lachte ihn aus und meinte sarkastisch: »Oh ja, das ist bei der Wahl der Freunde natürlich besonders wichtig. Dagegen sind charakterliche Eigenschaften ja geradezu unwichtig!«

Beim Mittagessen saßen die Friedensstifter meistens zusammen an einem Tisch. Aber an diesem Tag saß Phillip bei Oliver und Alexander, um über ein Chemieprojekt zu diskutieren, und Martin saß am Tisch seiner Flamme Jenny. Patrick und ich saßen vollkommen alleine an einem Tisch. »Nicht zu fassen!«, sagte Patrick. »Da zahlen meine Eltern fast zweitausend Euro im Monat, damit diese verdammte Schule mir was bietet, und sie schaffen es nicht mal, ein einigermaßen anständiges und schmackhaftes Mittagessen zu kochen.« Ich nickte heftig. Wir waren schon fast fertig, da stieß Susi plötzlich zu uns. »Was willst du denn hier?«, begrüßte Patrick sie abschätzig. Er hatte Recht gehabt. Sie hatte wirklich ganz schön zugenommen, was sie offensichtlich durch einen besonders weiten Pullover zu vertuschen suchte. »Ich muss mit dir reden«, sagte sie und es klang beinahe flehentlich. »Du hast mich in den letzten Tagen total ignoriert.« »Hast du meine SMS nicht bekommen?«, raunzte er. »Doch, aber ich muss trotzdem unbedingt mit dir sprechen.« »Ich habe aber keine Lust, mit dir zu reden«, sagte er und wandte sich wieder seinem Mittagessen zu. »Es ist aber sehr wichtig.« »Dann komm heute Abend vorbei.« »Du bist abends nie da. Ich hab jeden Abend versucht dich zu besuchen.« Er rollte gelangweilt die Augen und drehte sich zu ihr um: »Okay, aber mach es kurz. Und für den Fall, dass du willst, dass ich dich zurücknehme: keine Chance.« Susi sah ihn einen Moment lang an. Sie wirkte so, als ob sie ihm etwas sagen wollte, das ihr schon seit einer Ewigkeit auf der Seele lastete. Susi warf einen Seitenblick auf mich, als ob sie hoffte, ich würde die beiden für einen Moment alleine lassen. Aber diesen Gefallen tat ich ihr natürlich nicht. Was auch immer jetzt kam, ich wollte es auf keinen Fall verpassen. Und dann hauchte sie, kaum hörbar: »Ich bin schwanger.« Diese Nachricht musste bei Patrick einschlagen wie eine Bombe. Er hatte sicher mit allem gerechnet, nur nicht damit. Und auch ich war geplättet. Die Farbe seines Gesichtes wechselte sichtbar. Er starrte sie an. Eine ganze Weile starrte er sie an. Er besah sich ihre füllige Figur von oben bis unten. Dann krächzte er: »Von mir?« Sie nickte. Patrick wurde auf seinem Stuhl ein ganzes Stückchen kleiner. Hilfesuchend sah er mich an. Voller Unbehagen starrte ich auf meinen Teller. »Würdest du vielleicht kurz mitkommen?«, sagte Susi und sah ihn bittend an. Wie in Zeitlupe stand Patrick auf und folgte ihr nach draußen.

Am Abend saßen Patrick und ich im Park auf unserer Stammbank. Doch heute kifften wir ausnahmsweise nicht. Wir waren alleine und anfangs schwiegen wir. »Was willst du denn jetzt machen?«, fragte ich ihn. »Keine Ahnung, Alter«. »Was hat sie denn gesagt?« »Sie sagt, das Kind ist von mir.« »Und das glaubst du ihr?« Keine Antwort.

»Ach, komm schon«, sagte ich. »Du kennst doch diese Schlampen. Du weißt, wie sie sind. Die treiben es doch mit jedem.« »Mag schon sein, aber sie sagt, das Ding ist von mir«, sagte Patrick mit hängendem Kopf. »So was lässt sich leicht herausfinden und sie sagt, sie will es kriegen. Ganz nebenbei will sie auch mit mir zusammen sein.« »Wissen ihre Eltern davon.« »Jup.« »Und was sagen die dazu?« »Sie wollen ihre Tochter in ihrer Entscheidung unterstützen.« Schweigen. »Und was hast du gesagt?« »Dass ich keinen Bock auf Kinder habe. Und schon gar nicht jetzt.« Schweigen. »Die können mich verklagen«, meinte er hilflos. »Und jetzt?« »Der Direktor hat heute davon erfahren und die wollen eine Aussprache mit uns und unseren Eltern führen. Zum Teufel! Sie hat gesagt, sie nimmt die Pille. Was geht's mich an, wenn sie zu doof dazu ist, die Dinger regelmäßig einzuwerfen?«

Zu diesem Zeitpunkt schwor ich mir, dass ich es niemals so weit kommen lassen würde, in der gleichen Situation zu sein. Ich wollte mich niemals fragen müssen »Was geht's mich an?«, um mir daraufhin eingestehen zu müssen »Es geht mich alles an«. Jedenfalls würde ich mich in Zukunft nicht nur darauf verlassen, dass die Weiber ihre Pille richtig nahmen.

Die Nachricht, dass Susi schwanger war, ging schon sehr bald um wie ein Lauffeuer. Mittlerweile konnte es jeder sehen und die Leute zerrissen sich das Maul. Die Schwangerschaft war Gesprächsthema Nummer eins. Es gab eine Aussprache. Für alle Beteiligten brach eine Welt zusammen.

Auch bei den Friedensstiftern herrschte eine seltsame Atmosphäre. Außerdem kochte Martin vor Wut, da Paul Weidner immer dreistere Anstalten unternahm, sich an Jenny Müller heranzumachen.

Jeder Schüler des Internats besaß einen eigenen Zimmerschlüssel. Damit sollte ein gewisses Maß an Privatsphäre garantiert werden.

Eines Nachmittags kam ich an Pauls Zimmer vorbei. Eine Traube Jungen stand davor und Paul stand ganz verstört am Türrahmen und begutachtete das aufgebrochene Schloss. In seiner Hand hielt er einen Zettel, auf dem ausgeschnittene Zeitungsbuchstaben verlauten ließen:

FINGER WEG VON JENNY!

DIE FRIEDENSSTIFTER

»Den Zettel hat jemand an seiner Bettdecke festgeklebt«, flüsterte mir ein Siebtklässler zu. Paul stand nur da und schüttelte den Kopf, während er so etwas murmelte wie »Was soll der Scheiß?«.

Ich lief schnurstracks zum Zimmer von Martin und Phillip. Unterwegs begegnete ich einem Jungen, mit dem ich noch nie ein Wort gewechselt hatte. Im Vorbeigehen rief er mich von der Seite an: »Hey, du.« Verdattert blieb ich stehen. »Sag mal, stimmt es, was man sich erzählt?« Ich stutzte: »Was meinst du?« »Na, du weißt schon. Dass euer Freund Patrick diese Zehntklässlerin Susi geschwängert hat.« Ich starrte ihn an. Der Kerl war etwa einen Kopf kleiner als ich. Was erlaubte der sich eigentlich. Er sah mich unsicher an. Offensichtlich erwartete er wirklich eine Antwort auf seine Frage. Kurz entschlossen machte ich einige Schritte auf ihn zu und trat ihm zwischen die Beine. Mit einem heftigen Stöhnen sackte er zu Boden. Ich packte ihn im Genick und drückte ihn mit dem Gesicht auf den Fußboden: »Was glaubst du eigentlich, wer du bist, hä? Wo bleibt dein Respekt vor der Obrigkeit, du kleiner Pisser?« Er gab keinen Laut von sich. Ich stand auf und blickte mich um. Kein Mensch war zu sehen. Offenbar hatte niemand diesen kleinen Vorfall bemerkt. Ich setzte meinen Weg fort.

Als ich am Zimmer der Brüder ankam, trat ich ein, ohne anzuklopfen. Martin und Phillip lümmelten auf ihren Betten herum und hörten Musik. Ich knallte die Tür zu. Etwas unsicher sahen mich die beiden an. »Du bist zu weit gegangen«, schnauzte ich Martin an. Er wechselte einen besorgten Blick mit seinem Bruder. »Was meinst du?«, fragte er unsicher. »Du weißt ganz genau, was ich meine. Was soll diese Scheiße mit Pauls Zimmer?« »Wie bitte?« »Ach, jetzt tu doch nicht so, Mann. Es ist mir scheißegal, in wessen Zimmer du einbrichst oder wen du einschüchtern willst. Aber was sollte die Aktion mit dem Zettel? Ich dachte, wir waren uns darin einig, dass niemand etwas von den Friedensstiftern erfahren darf, dass zumindest der Name der Geheimhaltung unterliegt. Du hast dich selbst darüber aufgeregt, als Patrick gegenüber Susi damit angegeben hat. Jetzt wird sich doch bald jeder fragen, wer die Friedensstifter sind.« »Aber sie werden es sowieso nicht herausfinden. Und so ist der Einschüchterungseffekt ein viel größerer. Der Weidner wird sich in die Hose machen und dann gehört dieses heiße Eisen Jenny ganz allein mir.« »Diese Sache ist ganz allein dein Ding. Mit den Friedensstiftern hat das nicht das Geringste zu tun. Und weil Patrick sich schon verplappert hat, wissen Leute wie zum Beispiel Susi und Katja sehr wohl Bescheid, wer die Friedensstifter sind. Wenn sich das rumspricht, weiß Paul, wer in seinem Zimmer eingebrochen ist. Dann zeigt der uns womöglich an. Und dann bist nicht nur du dran, sondern auch wir, die gar nichts damit zu tun haben.« »Ja, ja, versteh' schon. Aber Phillip war auch dafür.« Phillip blickte mich entschuldigend an. »Und Patrick?«, raunzte ich. »Den wollte ich lieber nicht fragen. Der hat eh schon so viel um die Ohren.« »Und warum hast du mich nicht gefragt?« Er blickte mich entschuldigend an.

»Na ja, es war mehr so eine spontane Aktion und du warst gerade nicht auffindbar.« »Solche Aktionen müssen von uns allen getragen werden, verdammt. Das hat etwas mit Kameradschaft zu tun. Die Friedensstifter sind wir alle. So etwas muss einstimmig beschlossen werden.« »Hast ja Recht, Mark. War auch bloß 'ne einmalige Sache, versprochen«, entschuldigte sich Martin. Es trat eine Pause ein. Dann fragte ich: »Du hast den Einbruch in Pauls Zimmer wohl kaum selber begangen, oder?« »Wo denkst du hin? Ich hab zwei Sechstklässlern jeweils vierzig Euro gezahlt. Sind handwerklich sehr begabt die beiden.« »Haben sie auch den Zettel festgeklebt?« »Ja.« »Na toll! Dann wissen die auch, wer die Friedensstifter sind.« »Nur dass ich einer bin. Wer dazugehört, wissen sie nicht. Außerdem interessiert die das gar nicht. Die wollen bloß ihr Geld. Warum, wieso, weshalb, das fragen die gar nicht. Ich musste nur mit den Scheinen wedeln.« »Und du meinst, sie halten die Klappe?«, fragte ich besorgt. »Da bin ich mir ziemlich sicher.«

Kaum hatte der Vorfall stattgefunden, kochten eine Menge Gerüchte und Spekulationen darüber auf, wer die Verantwortlichen für den Einbruch in Pauls Zimmer waren. Aber keine Vermutung wurde bestätigt. Die Lehrer und Betreuer stellten Nachforschungen an, fanden jedoch nichts heraus. Und da auch nichts gestohlen worden war, machte sich außer Paul schon bald niemand mehr einen Kopf um die Sache. Man einigte sich darauf, dass es lediglich ein Racheakt eines Rivalen gewesen sein musste. Zwei Wochen nach dem Einbruch wurden Martin und Jenny ein Paar, da Paul sich die Nachricht offenbar zu Herzen genommen und die Annäherungsversuche unterlassen hatte. Hinter vorgehaltener Hand geriet Martin dann natürlich doch in

Verdacht, den Einbruch begangen zu haben, aber wer diese Vermutung zu laut äußerte, der bekam eines Abends in stockdusterer Finsternis eine Tracht Prügel. Diejenigen, die von uns Gras bezogen, wussten schon, warum sie ihre Vermutungen für sich behielten. Ein positiver Nebeneffekt dieses Vorfalls war nicht nur, dass Martin sein Ziel erreicht hatte, sondern auch dass eine Weile lang niemand mehr über Susis Schwangerschaft sprach.

Jedoch war es bald kein Gerücht mehr, sondern eine offensichtliche Tatsache, dass Patrick sie geschwängert hatte. Und als sie immer dicker wurde, nahmen ihre Eltern sie von der Schule.

Eines Abends saßen Patrick, die Brüder und ich in meinem Zimmer beieinander. Wir waren wieder auf das Thema Noten gekommen. Martin meinte: »Hört mal, Leute. Bald sind wieder die ersten Arbeiten fällig. Und wir sind jetzt in der elften Klasse. Der Stoff ist nicht gerade einfacher geworden. Sicherlich hat keiner von euch Lust zu lernen, oder?« Es folgte allgemeines Kopfschütteln. »Deshalb stellt sich mir die Frage, ob Karstensen erneut bereit ist, sich auf ein Geschäft mit uns einzulassen.« »Warum sollte er nicht?«, meinte Patrick. »Wer weiß, vielleicht bekommt er ja Gewissensbisse oder er hat Angst, dass die Sache rauskommt.« »Das finden wir wohl nur heraus, indem wir mit ihm reden«, meinte Phillip. Alle drei sahen mich an. »Warum ich?«, protestierte ich. »Na, du hast es doch letztes Mal auch gemacht«, warf Martin ein. »Ja. Und du warst offensichtlich ziemlich gut«, sagte Patrick. »Na gut, na gut. Überredet. Aber nur noch das eine Mal.«

Es klopfte. Wir fuhren alle zur Tür herum. Wenn unser Gespräch von jemandem mitgehört worden war, steckten wir in gehörigen Schwierigkeiten. Ich rief: »Herein.« Die Tür ging auf. Und herein trat … »Julia? Was willst du denn hier?« In der Tür stand eine zierliche Zehntklässlerin mit halblangen roten Haaren, einer Stupsnase und smaragdgrünen Augen, die Chefredakteurin unserer Schülerzeitung. In ihren Händen hielt sie einen Notizblock. »Hallo, Jungs!« Patrick stöhnte laut auf. »Hab ich euch bei irgendetwas gestört?«, fragte sie höflich. »Wie lange stehst du schon vor meiner Tür?«, fragte ich scharf. »Nur wenige Sekunden«, sagte sie, offensichtlich durch den rüden Ton verunsichert. Doch schon im nächsten Moment packte sie ihr journalistischer Eifer. »Habt ihr vielleicht etwas zu verbergen?« »Das geht dich gar nichts an. Was willst du?«, schnauzte Martin. »Wow, Jungs. Jetzt bleibt mal auf dem Teppich. Ich hab bloß ein paar Fragen an euch.« »Wir haben aber keine Lust, sie dir zu beantworten«, sagte Phillip. »Ach, kommt schon, in diesem Land gibt es das Recht auf Pressefreiheit.« Sie sah uns mit tiefen Hundeaugen an. »Aber mach's kurz«, sagte ich. Sie strahlte. »Kein Problem. Also: Ihr habt ja sicher gehört, dass in Paul Weidners Zimmer letzte Woche eingebrochen wurde. Meine Recherchen haben ergeben, dass sich dafür eine Gruppe namens ‚Die Friedensstifter' verantwortlich erklärt hat.« »Recherchen, dass ich nicht lache«, sagte Patrick trocken. »Das kann dir doch jeder erzählen, bei dem allgemeinen Schultratsch.« »Und wie können wir dir helfen?«, fragte ich angespannt. »Na ja, ihr habt doch immer voll den Durchblick. Ihr wisst, was hier so abgeht. Und wenn du wissen willst, was gerade so läuft, dann brauchst du nur das Machoquartett zu fragen.« »Wahre Worte«, grinste Patrick. »Gut, dann habt ihr ja sicher eine Vermutung, wer die Friedensstifter sein könnten.« Wir sahen uns gegenseitig an. »Für so was interessieren wir uns nicht«, meinte Phillip. »Ja, und schon gar nicht für das Schicksal von solchen uncoolen Typen wie Paul Weidner«, fügte Martin hinzu. »Ach, kommt schon, Leute. Ihr wisst doch irgendetwas! Es wird gemunkelt, dass ein großer Teil unserer Schülerschaft Marihuana konsumiert. Vielleicht hat das ja etwas mit den Friedensstiftern zu tun. Und wahrscheinlich ist diese Gruppierung in der Oberstufe zu finden. Da müsst ihr doch was wissen.« »Mit irgendwelchen abgefuckten Junkies haben wir nichts zu tun«, sagte ich, meiner Meinung nach sehr überzeugend. Sie seufzte: »Habt ihr denn gar keine Vermutung?« Wir schüttelten die Köpfe. Enttäuscht wandte sie sich zum Gehen. »Julia!«, rief ich ihr nach. »Es sind in der letzten Zeit ab und zu ein paar der Schüler verkloppt worden. Ich habe gehört, dass geht auch auf das Konto der Friedensstifter. Die scheinen ziemlich rigoros vorzugehen.« »Ja, und?« »Ich will damit sagen, wenn du versuchst herauszufinden, wer sie sind, und über sie schreibst, werden sie das mit Sicherheit nicht so toll finden. Lass besser deine Finger davon.« Sie lächelte mich an: »Du bist süß.« Dann ging sie zur Tür hinaus. Als wir uns sicher sein konnten, dass sie weg war, meinte Phillip: »Genialer Schachzug, Mark.« »Danke«, gab ich zurück und lächelte selbstzufrieden.

Es war zwei oder drei Tage später, als Martin und ich nach langer Zeit mal wieder in die Stadt gingen. Es war früher Nachmittag und wir wollten uns in ein Eiscafé setzen und »Bräute abchecken«. Als wir das Gelände durch das schmiedeeiserne Eingangstor in Richtung Stadtmitte verließen, das tagsüber nicht verschlossen war, kamen wir an einer Gruppe von drei elegant gekleideten Männern vorbei. Zwei von ihnen waren relativ groß und gut gebaut und sahen aus wie klassische Mitglieder der Frankfurter Tür-steherszene. Der Dritte war kleiner als die anderen beiden. Er war etwa Mitte fünfzig und hatte graue Haare, die er offensichtlich mit einer Menge Gel und Haarspray behandelt hatte. Martin und ich beachteten die drei Männer nicht weiter und gingen einfach an ihnen vorbei. Als mir plötzlich einer von ihnen nachrief: »Hallo, Mark.« Ich erstarrte, hatte ich die Stimme doch in derselben Sekunde erkannt. Ein Schauer durchlief mich. Ich blieb stehen. Martin tat es mir gleich und sah mich skeptisch an. Ich fuhr herum. Der Mittfünfziger sah mich an. »Alles in Ordnung, Junge?«, höhnte er und lächelte mich an. Es war die Stimme des Mannes aus der Garage. »Wir haben alles getan, was Sie gesagt haben. Wir haben uns aus der Stadt ferngehalten. Wir haben keinen Stoff mehr verkauft.« »Oh, das weiß ich, Junge. Und es freut mich außerordentlich. Schön übrigens, dass du mich gleich erkennst. Das verkompliziert die Sache nicht so.« »Mark, du kennst den Kerl?«, wollte Martin wissen. »Ich würde mich gerne mit dir und deinem Freund unterhalten, wenn das möglich ist«, sagte der Mann zu mir und versuchte offensichtlich einen freundlichen Eindruck zu erwecken.« »Hey, Mark, wer ist das?«, drängelte Martin. »Nein danke, wir müssen wirklich weiter«, sagte ich und spürte wie meine Stimme bebte. Ich drehte mich um und wollte raschen Schrittes davongehen. »Aber ich würde dir und deinen Freunden gerne ein Geschäft vorschlagen.« Ich blieb stehen und drehte mich um. »Aber das sollten wir wirklich an einem ruhigen Ort besprechen«, sagte der Mann. »Wir haben keiner Menschenseele von Ihnen erzählt. Das schwöre ich«, sagte ich, etwas panisch, da ich mir sicher war, die drei wollten uns nur unter irgendeinem Vorwand weglocken und uns dann verschleppen. »Das glaube ich dir auch. Du kannst mir vertrauen, ich will mich wirklich nur mit dir und deinem Freund unterhalten.« Auch er musste gemerkt haben, wie lächerlich das klang, denn er fügte hinzu: »Wir werden euch schon nicht kidnappen. Aber wir möchten euch ein einmaliges Angebot machen, das ihr sicher nicht ablehnen werdet. Wenn ihr uns nicht glaubt, können wir uns auch gerne zu Fuß in ein öffentliches Lokal begeben und uns dort unterhalten.« »Wer zum Teufel sind Sie eigentlich?«, platzte es aus Martin heraus. »Ich bin sicher, Mark hat dir von mir erzählt. Durch mich hattet ihr beide leider einige Unannehmlichkeiten.« Martin schien zu begreifen. »Was wollen Sie von uns?«, rief er laut. »Wie gesagt, euch ein sehr lukratives Angebot unterbreiten. Ich würde euch gerne einen Drink spendieren. Kennt ihr das ‚Bella Italia‘?« Wir stutzten. Martin und ich sahen uns gegenseitig an. »Das ‚Bella Italia‘ ist immer proppenvoll. Was soll uns da schon passieren?«, flüsterte Martin. Und etwas weniger optimistisch fügte er hinzu: »Das ist doch der Typ, der dich in der Garage festgehalten hat, oder?« Ich nickte. »Na ja … wir können uns ja mal anhören, was er zu sagen hat«, sagte er mit einer mir völlig unverständlichen Selbstsicherheit. Ich sah ihn an. Dann wandte ich mich an den Mann. »Okay, aber Sie gehen voraus.« Dies klang wesentlich selbstbewusster, als ich es mir zugetraut hätte, und ich schöpfte eine gehörige Portion Selbstvertrauen, von wo immer her es auch kam. Der Mann lächelte zufrieden. Er schnipste. Und die beiden anderen, die sich die ganze Zeit im Hintergrund gehalten und so getan hatten, als ginge sie das alles gar nichts an, nahmen ihn in ihre Mitte. Die drei gingen voraus und Martin und ich folgten ihnen in einem Abstand von einigen Metern zögernd.

Nach etwa zehn Minuten waren wir in der Innenstadt und standen vor einem italienischen Lokal. In großen verschnörkelten Goldbuchstaben war auf der verglasten Eingangstür der Name »Bella Italia« zu lesen. Während der letzten zehn Minuten war mir etwa ein Dutzend Mal der Gedanke gekommen, mich einfach umzudrehen und wegzulaufen. Und vermutlich hatten Martin ähnliche Ideen überkommen.

Die drei Männer traten ein und wir folgten. Das Lokal war nicht so überfüllt wie abends und die meisten Leute saßen draußen auf Plastikstühlen und aßen Eis. Die Männer nahmen in der hintersten Ecke des Restaurants Platz. Wir setzten uns ihnen zögernd gegenüber. Der Mittfünfziger schnipste mit den Fingern und sofort kam hinter dem Tresen ein kleiner Mann mit Halbglatze hervor und eilte an unseren Tisch. »Giovanni, bring uns etwas zu trinken«, befahl der Anführer. »Si.« »Was möchtet ihr?«, fragte der Mittfünfziger und sah uns freundlich an. Ich versuchte in meine Antwort so viel Selbstsicherheit wie möglich zu legen und sagte: »Ich nehme einen Amaretto.« »Ich ebenfalls«, rief Martin, als würde er jeden Tag nichts anderes trinken. »Bring mir nur ein Wasser, Giovanni«, sagte der Anführer. »Si.« Der Kellner verschwand. Und kam nur einen Augenblick später mit unseren Getränken zurück. Martin stürzte seinen Amaretto in einem Zug hinunter. Als ich das sah, tat ich es ihm gleich. »Also«, meinte Martin, der offenbar Mut geschöpft hatte, »was wollen Sie von uns?« »Sehr gut, ich mag Leute, die gleich zur Sache kommen«, meinte der ältere Mann. »Nun, ihr wisst ja, dass wir euch angewiesen hatten, euch aus unserem Revier, das bedeutet aus der gesamten Stadt, mit euren Geschäften fernzuhalten.« »Und das haben wir getan«, warf ich ein. Der Mann hielt einen

Moment inne. »Ich schätze es ganz und gar nicht, unterbrochen zu werden, Junge.« Einen Moment kehrte Ruhe ein. Dann fuhr er fort, als ob nichts gewesen wäre: »Und wie wir zu unserer großen Freude bemerken konnten, habt ihr euch auch daran gehalten. Aber wie wir feststellen mussten, habt ihr beim Vertrieb eurer Drogen und bei der Anwerbung neuer Kunden ein äußerst glückliches Händchen bewiesen.« Martin grinste, ließ es beim Anblick der Miene des Mannes jedoch sofort wieder sein. »Nun, ihr habt sogar Kunden bedient, die zuvor unseren Stoff gekauft hatten und nun auf eure Ware umsteigen wollten. Außerdem habt ihr uns viele potenzielle Kunden weggeschnappt. Ihr müsst wirklich guten Stoff gehabt haben.« Eine weitere Pause trat ein. »Und was genau wollen Sie uns jetzt vorschlagen?«, fragte ich ihn. »Wir möchten, dass ihr für uns arbeitet.« »Wie bitte?«, fragte Martin verwundert. »Du hast schon richtig gehört. Aus euch kann man was machen. Ihr habt Potenzial. Wenn ihr auf eigene Faust dealt, sehen wir euch als unsere Konkurrenten an und ihr könnt mir glauben, dass wir dann Mittel und Wege finden werden, euch aus dem Verkehr zu ziehen. Aber wenn ihr für uns arbeitet, könnt ihr eine Menge Geld machen.« Wir verdauten das uns soeben unterbreitete Angebot einen Moment. Dann meinte ich: »Und wer ist ‚wir‘?« »Ich und einige meiner Freunde. Freunde, die relativ zahlungsfähig sind«, sagte er und schlug elegant den Ärmel zurück, sodass wir die goldene Rolex sehen konnten, die an seinem Handgelenk hing. »Und was sollen wir tun?«, wollte Martin wissen. »Ihr tut das Gleiche wie vorher auch. Ihr dealt.« »Und womit?« »Das erfahrt ihr dann, wenn ihr euch entschieden habt.« Wir schwiegen. »Ihr braucht euch nicht sofort zu entscheiden. Ich komme einmal im Monat aus Frankfurt hierher und sehe nach dem Rechten.« Er reichte uns einen Zettel, auf dem eine Adresse notiert war. »Ich besitze einen Club in der Kaiserstraße, ganz in der Nähe vom Hauptbahnhof. Wenn ihr euch entschieden habt, kommt einfach vorbei und fragt nach Stani.« Kaum waren diese Worte verklungen, standen die drei Männer auf, gingen zum Tresen, wo der ältere einen Zwanzig-Euro-Schein hinterließ, und verließen das Lokal.

8. Kapitel

»Nun, Herr Karstensen, es liegen die ersten Arbeiten an und wir, das heißt die Friedensstifter, fragen uns, ob Sie erneut bereit wären, einen Deal mit uns einzugehen?« Erwartungsvoll sah ich Karstensen an, der mir gegenüber an seinem Schreibtisch saß und mich sehr verdrießlich anblickte. »Nein, Mark. Das glaube ich nicht. Ich bin ein ehrlicher Mensch. Ich habe mir geschworen, dass dies eine einmalige Sache war. Ein weiteres Mal kann ich mit meinem Gewissen nicht vereinbaren. Wenn ihr auf dieser Schule bleiben wollt, müsst ihr schon etwas dafür tun. Ich meine lernen. Nicht bestechen.« »Aber wer sagt denn etwas von bestechen?«, versuchte ich dagegenzuhalten. »Es ist doch lediglich ein Geschäft. Wir bekommen etwas, das wir wollen, und Sie bekommen etwas, das Sie wollen. Wir sind auch gerne bereit, den entsprechenden Betrag zu erhöhen, wenn Ihnen die letzte Summe zu niedrig war.« »Nein, Mark! So versteh doch! Ich bin Lehrer. Kein Geschäftsmann. Ich muss den Menschen Wissen und Werte vermitteln. Wie sollte ich denn je wieder ohne Scham in den Spiegel sehen?« »Sie bekommen das Doppelte«, sagte ich verzweifelt. »Ach, Junge, versteh mich doch. Ich kann nicht.« »Einmal haben Sie es doch bereits getan. Was macht ein weiteres Mal für einen Unterschied?« »Es war das erste und einzige Mal. In dem Moment, als ich es tat, wusste ich, dass es falsch war. Und nun geh bitte.« »Ist das Ihr letztes Wort?« »Mein allerletztes.«

»Was soll das heißen, er will so etwas nicht mehr tun?« Martin war empört. Und auch die anderen waren ganz und gar nicht begeistert, als ich ihnen von meinem Gespräch mit Karstensen erzählte. »Verdammt! Was machen wir denn jetzt?«, sagte Patrick erschüttert. »Kacke!«, fluchte Phillip. »Das könnte ja bedeuten, uns bleibt nichts anderes übrig, als wirklich etwas für unsere Noten zu tun. Am Ende müssen wir sogar noch lernen oder so was in der Art.« »Das kommt überhaupt nicht in Frage!«, polterte Martin. »Das grenzt ja an Arbeit! Nein, nein. Wir lassen uns irgendetwas anderes einfallen. Zur Not erpressen wir ihn einfach.« »Sehr witzig. Und wie?«, höhnte ich. »Wir wissen doch gar nichts über ihn.« »Keine Panik, Leute. Ich lass mir schon irgendetwas einfallen.« »Da wäre noch ein Problem«, meinte Phillip. »Und das wäre?« »Ihr erinnert euch doch sicher daran, dass uns Julia letztens besucht hat, um uns über die Friedensstifter auszufragen.« »Ja, und?« »Ich nehme an, keiner von euch hat die aktuelle Ausgabe der Schülerzeitung gelesen, oder?« »Nein, wieso?«, fragte ich skeptisch. Phillip hielt ein frisch gedrucktes Exemplar in die Höhe und uns anderen klappte der Unterkiefer herunter. Auf der Titelseite prangte in riesigen Buchstaben die Überschrift: »WER VERBIRGT SICH HINTER DEN FRIEDENSSTIFTERN?« Darunter folgte ein eineinhalbseitiger Artikel, der mit wilden Spekulationen und Mutmaßungen darüber angehäuft war, welche dunklen Kräfte sich hinter diesem Pseudonym wohl verbergen mochten. Auch Schüler durften in diesem Artikel ihre Vermutungen zum Besten geben. Der Autor sprach in apokalyptischer Weise von einer Schülermafia, die ihren Würgegriff um die Schule gelegt habe, und davon, dass kleine unschuldige Schüler nicht mehr im Dunkeln alleine auf dem Gelände spazieren gehen könnten, weil sie Angst haben müssten, sich üblen Misshandlungen auszusetzen.

»Das ist ja wohl die Höhe!«, polterte Patrick. »Was fällt dieser Schlampe eigentlich ein?« »Scheiße, das kann für uns echt gefährlich werden«, äußerte sich Martin besorgt. »Dieses Miststück hat sich wohl nicht viel aus deiner Warnung gemacht, Mark. Hey, Bruderherz, sag doch auch mal was.« Phillip sah etwas unbehaglich aus. »Na ja«, meinte er vorsichtig, »im Grunde genommen hat sie ja vollkommen Recht mit dem, was sie schreibt.« Wir anderen stutzten. »Ja, natürlich hat sie Recht«, meinte ich. »Aber darum geht es ja gar nicht.« »Worum denn dann?« »Es geht darum, dass sie es schreibt, verdammt. Ich hätte wohl etwas deutlicher werden sollen.« »Das hätte auch nichts gebracht«, meinte Martin. »Das hätte sie nur misstrauisch gemacht. Wir müssen ihr einen Denkzettel verpassen. Aber einen, der sich gewaschen hat.« »Und an was denkst du da speziell?«, wollte Patrick wissen.

An was genau Martin gedacht hatte, erfuhr die gesamte Schule nur wenige Stunden später, am nächsten Morgen. Als Julia, die ja die Chefredakteurin der Schülerzeitung war und deshalb immer als Erste die Redaktion betrat, morgens den Redaktionsraum aufschließen wollte, bot sich ihr ein schrecklicher Anblick. Denn jemand war nachts in die Redaktion eingebrochen und hatte alles verwüstet. Stühle waren umgeworfen, Akten zerrissen, Notizen vernichtet, Tische umgekippt und sämtliche Computer beschädigt worden.

Niemand hatte die Einbrecher gesehen. Aber vermutlich konnte sich jeder denken, dass dies ein Denkzettel der Friedensstifter war. Eine Botschaft hatten die Täter nicht hinterlassen. Aber das Vergehen an sich sprach Bände. Der Schuldirektor sah sich die Sache an, verzichtete aber darauf, Anzeige zu erstatten, da kein hoher Materialschaden entstanden war. Außerdem wollte er so wenig Aufhebens wie möglich von der Sache machen, da er um den guten Ruf der Schule fürchtete.

Die Aktion zeigte Wirkung. In der Schülerzeitung wurde danach lange Zeit kein Artikel mehr verfasst, der sich auch nur ansatzweise mit dem Thema »Friedensstifter« beschäftigte.

Dennoch blieben für die Mitglieder der Friedensstifter noch einige sehr wichtige Entscheidungen zu fällen.

»Da wäre die Sache mit dem Russen«, meinte Martin noch am selben Abend, nachdem wir uns ausgiebig zum gelungenen Ausgang unserer Aktion beglückwünscht hatten. »Was für ein Russe?«, wollte Patrick wissen. »Na, der Typ, der uns angeboten hat, für ihn zu arbeiten«, sagte Martin gelangweilt. »Woher weißt du, dass er aus Russland kommt?« »Ich weiß eben, wie sich Russen anhören.« »Er könnte ja auch Pole sein«, beharrte Patrick. Martin seufzte. »Ist doch scheißegal, wo er herkommt«, meinte Phillip. »Was machen wir jetzt bezüglich seines Angebots?« »Ist doch ganz klar: Wir nehmen es natürlich an«, sagte Patrick entschlossen. »Und weshalb sollten wir das tun?«, sagte ich. »Na, ganz einfach. Weil uns sonst ein riesengroßer Haufen Knete durch die Lappen geht.« »Du weißt doch gar nicht, ob das eine Falle ist. Vielleicht lockt er uns nur in sein Lokal, um uns dort hinterrücks abzuschlachten«, meinte Phillip. »Das Risiko müssen wir halt eingehen«, meinte Patrick keck. »Du hast gut reden. Du bist ja auch nicht von seinen Schergen verschleppt worden«, schnauzte ich. »Ich glaube nicht, dass er das vorhat. Denn dann hätten sich sicher für ihn und seine Leute schon früher Gelegenheiten ergeben. Ich könnte mir durchaus vorstellen, dass er es ehrlich meint. Solche Leute denken sehr profitorientiert und wir sind mit unseren Erfahrungen vermutlich eine gute Einnahmequelle«, meinte Martin. »Jetzt gib mal nicht so an«, sagte ich. »Als ob du wüsstest, wie solche Leute denken«, meinte ich übellaunig. »Na gut, na gut. Dann stimmen wir eben ab«, sagte Martin. »Also wer ist dafür, dass wir uns bei Stani melden?« Martin und Patrick hoben die Hände. »Und wer ist dagegen?« Ich hob die Hand. »Phillip, was ist mit dir?«, fragte Patrick. »Ich enthalte mich.« »Na toll!«, raunzte ich. »Gerade du, Martin, müsstest doch wissen, wie gefährlich es sein kann, sich auf ein solches Unterfangen einzulassen. Immerhin hast du gehörig eins auf die Mütze gekriegt.« Martin lächelte blöd. »Wer nicht wagt, der nicht gewinnt. Apropos: Ich habe mir Gedanken wegen Karstensen gemacht.« »Ja, und?« »Nun, wir haben beim letzten Mal festgestellt, dass es nichts gibt, womit wir ihn erpressen können. Richtig?« »Richtig.« »Also habe ich mir überlegt, wir sorgen dafür, dass es etwas gibt, womit wir ihn erpressen können.« »Wie meinst du das?« »Ganz einfach. Wir sorgen dafür, dass er etwas wahnsinnig Dummes tut, und halten es per Kamera fest.« »Und an was hast du da gedacht?« »Wir setzen die größte Schlampe der Schule auf ihn an.« »Du meinst doch nicht etwa Michelle aus der Zwölften?«, meinte Patrick. »Oh doch. Für genügend Geld würde die es sogar mit Rumpelstilzchen treiben. Und sie sieht wirklich nicht schlecht aus. Sogar so ein Moralapostel wie Karstensen wird der nicht widerstehen können.« »Ihr wollt eine Schülerin dafür bezahlen, dass sie mit einem Lehrer schläft?«, fragte ich ungläubig. »Korrekt.« »Das funktioniert doch nie und nimmer.« »Glaub mir, Mark, es wird funktionieren.«

Eines muss ich Martin lassen. In all den Jahren, in denen ich das Vergnügen hatte, seine Gesellschaft zu genießen, erwiesen sich seine Pläne meistens als überaus gut durchdacht und erfolgreich. So war es auch diesmal. Ich kam aus dem Staunen nicht mehr heraus, als Michelle sich wahrhaftig dazu bereit erklärte, für einen meiner Meinung nach äußerst niedrigen Betrag, Karstensen zu verführen. Wir saßen nur einen Abend später im Zimmer der Brüder und besprachen die Details. »Aber ich mache es wirklich nur einmal«, sagte sie zickig. »Kein Problem«, meinte Martin. »Ein Mal reicht voll und ganz.« »Es muss nur in seinem Büro stattfinden, und zwar so, dass wir draußen vor dem Fenster alles beobachten können. Es muss vom Fenster aus alles ganz genau zu sehen sein. Ansonsten erfüllt die Sache nicht ihren Zweck und du bekommst von uns kein Geld.« »Warum wollt ihr eigentlich, dass ich das tue?«, fragte sie unsicher. »Wir haben einfach unsere Freude daran«, sagte ich schnell. Sie blickte skeptisch in die Runde. »Und das bleibt auch wirklich unter uns?« Sie saß auf der Kante eines Schreibtisches und hatte die Beine gespreizt. Unter ihrem Minirock war deutlich ein Stück ihres roten Tangas zu erkennen. Ihre Bluse war äußerst nachlässig zugeknöpft worden und man musste damit rechnen, dass einem ihre großen Brüste geradezu entgegensprangen. Um ihr noch sehr kindliches Gesicht fiel eine Pracht aus dunklen Locken. Sie sah wirklich verdammt scharf aus. Mittlerweile war sogar ich der Meinung, dass dieser Versuch nicht fehlschlagen konnte. »Aber natürlich bleibt das unter uns«, meinte Patrick. »Wir wollen einfach nur unseren Spaß.« »Versprochen«, fügte Phillip bekräftigend hinzu. »Abgemacht. Und wann?« »Am besten gleich morgen«, sagte Martin. »In der Mittagspause ist er immer in seinem Zimmer.« »Und unter welchem Vorwand soll ich zu ihm gehen?«, fragte Michelle. »Na, hör mal, einer so intelligenten Person wie dir wird doch wohl eine Ausrede einfallen. Wenn du drin bist, redest du ein bisschen mit ihm, setzt dich zu ihm und verführst ihn. Ein Kinderspiel.« »Also gut«, meinte sie geschäftsmännisch. »Morgen in der Mittagspause.«

Gesagt, getan. Kaum hatte es am nächsten Tag zur Mittagspause geklingelt, fanden Martin, Phillip, Patrick und ich uns unter einem Fenster von Karstensens Büro ein. Die Lage war äußerst günstig, denn das Büro lag im Erdgeschoss und wir waren nicht zu sehen, da uns eine Reihe von Sträuchern Deckung bot. Es verlief bis jetzt alles genau nach Plan. Karstensen war in seinem Büro, saß an seinem Schreibtisch und kritzelte auf einer Schreibunterlage herum. Phillip öffnete seinen Rucksack und entnahm ihm eine Digitalkamera. Er nahm einige Einstellungen vor und hielt sie schussbereit. »Hoffentlich kommt Michelle bald. Sonst kommt der Typ noch zum Fenster und guckt raus«, meinte Patrick. »Die wird schon kommen.« Kaum hatte Martin das gesagt, konnten wir beobachten, wie Karstensen plötzlich aufblickte. Offenbar hatte es geklopft. Er rief etwas und die Tür ging auf. Michelle trat ein. Karstensen wirkte überrascht. Michelle schloss die Tür. »Gentlemen, the show has begun«, sprach ich feierlich aus. Wir konnten beobachten, wie Michelle sich Karstensen Stück für Stück näherte und dabei ununterbrochen auf ihn einredete. Ab und zu erwiderte er etwas. Dann stand sie neben ihm. Und plötzlich kniete sie sich hin. Eine Flut von Wörtern sprudelte aus ihrem Mund, als sie mit ihrer Hand langsam seine Schenkel hinaufglitt, sodass er überhaupt keine Gelegenheit bekam, ihr Einhalt zu gebieten, vorausgesetzt, er hatte das überhaupt vorgehabt. Der arme Mann wirkte äußerst verwirrt. Dann, plötzlich, machte er den Mund auf, um zu protestieren, wie es schien, und wollte ihre Hand beiseiteschieben, aber sie legte ihm doch tatsächlich den Finger auf den Mund. Und schob ihre Hand weiter nach oben. »Sie macht das wirklich verdammt geschickt«, bemerkte ich anerkennend. »Ja, allerdings. Und heute hat sie einen besonders geilen Fummel an«, pflichtete mir Martin bei. Vor lauter Gafferei hatten wir ganz und gar das Fotografieren vergessen. Das merkte ich erst, als Patrick zu Phillip gewandt meinte: »Los, Alter. Jetzt halt schon endlich drauf.« Das ließ dieser sich nicht zweimal sagen. Er begann ein Foto nach dem anderen zu schießen, gerade als Michelle ihren Kopf reckte und Karstensen zärtlich auf den Mund küsste. Er ließ es widerstandslos geschehen. Dann fingerte sie an seinem Reißverschluss herum. Er wollte protestieren und ihre Hand beiseiteschieben, aber sie schob ihre Finger entgegen seinem Widerstand in seine Hose. Phillip knipste wie verrückt und dann verschwand ihr Kopf zwischen seinen Schenkeln. Das Klicken von Phillips Kamera wollte gar nicht mehr verstummen. Und dann, ganz plötzlich, stieß Karstensen Michelle von sich. Auf einmal wirkte er verärgert. Er herrschte sie an und wies mit dem Finger auf die Tür. Sie wirkte etwas verschreckt. Aber sie wagte erneut einen Versuch: Sie näherte sich ihm und knöpfte dabei ihre Bluse auf. Einen Moment lang schien es tatsächlich, als würde das auf ihn Eindruck machen. Doch dann stand er auf, schloss den Reißverschluss seiner Hose und wies sie erneut mit einer herrischen Geste an, das Zimmer zu verlassen. Ihr blieb nichts anderes übrig, als seiner Anweisung Folge zu leisten. Sie knöpfte ihre Bluse wieder zu und verließ den Raum. Wir waren enttäuscht. »Shit, war das etwa schon alles?«, meinte Phillip erbost, der offenbar Gefallen an seiner Rolle als Kameramann gefunden hatte. »Scheint so«, meinte Patrick missmutig. »Verdammt!«, stieß Martin verärgert aus. »Was soll's, Leute. Wir haben mehr als genug Material, um ihn zu erpressen.« »Das war aber nicht der Deal. Sie sollte mit ihm schlafen.« »Wir können froh sein, dass es überhaupt so weit gekommen ist«, meinte ich zufrieden. »Ja, ja, schon gut«, meinte Martin zerknirscht. »Gehen wir essen. Ich habe Hunger.«

Beim Mittagessen brachte Martin seinen Missmut noch einige Male verhalten zum Ausdruck. Er war sogar der Meinung, da Michelle ihren Teil der Abmachung nicht erfüllt hatte, sollte man sie nicht bezahlen. Aber wir anderen konnten ihn davon überzeugen, dass das nur böses Blut geben und sie vielleicht dazu veranlassen würde, den Mund aufzumachen. Nicht zuletzt die Tatsache, dass Michelle ohnehin nicht viel für diesen Job verlangt hatte, ließ ihn zur Einsicht kommen.

Noch am selben Abend schloss Phillip seine Digitalkamera an seinen Laptop an und druckte die Bilder aus. Am nächsten Tag fanden Martin, Phillip, Patrick und ich uns vor Karstensens Büro ein, um ihm die Fotos zu präsentieren. »Sind wir auch wirklich sicher, dass wir das durchziehen wollen?«, meinte Phillip etwas beklommen. »Denn wenn wir die Bilder erst einmal auf den Tisch gepackt haben, können wir nicht mehr zurück, nie mehr.« »Na und? Er muss mitspielen. Rauswerfen kann er uns nicht. Denn dann müsste er Angst haben, dass wir die Bilder veröffentlichen«, meinte ich voller Selbstvertrauen. Ich war sehr siegesgewiss, da ich Karstensen nun auch nicht allein gegenüberstand wie sonst. Das hatte dieser alte Penner jetzt davon, dass er unser Angebot abgelehnt hatte. »Gute Einstellung, Alter«, meinte Patrick. »Also dann los«, gab Martin das Stichwort. Ich klopfte. Ich hatte zwar die anderen überreden können mitzukommen, da sie erneut vorgehabt hatten, mich vorzuschicken, aber reden sollte ich trotzdem. Karstensens Stimme ertönte: »Herein.« Jetzt wurde ich doch etwas aufgeregt. Ich zögerte einen Moment. »Herein«, wiederholte er sich. Diesmal etwas lauter. »Was ist denn jetzt? Geh schon, Mann!«, raunte mir Martin zu. Da öffnete sich schon die Tür und Karstensen stand im Türrahmen. Er musterte uns abschätzend, vermutlich ahnte er schon, dass wir ihn wieder überreden wollten, sich auf irgendein krummes Geschäft mit uns einzulassen. »Hätten Sie eine Minute für uns Zeit, Herr Karstensen?«, fragte ich höflich. »Kommt rein«, meinte er knapp. Er schloss die Tür hinter uns und setzte sich hinter seinen Schreibtisch, vor dem wir uns aufbauten. »Was kann ich für euch tun?«, fragte er in einem Ton, als wüsste er die Antwort bereits. Phillip zog einen Briefumschlag aus seiner Jackentasche. Martin nahm ihn ihm ab und trat vor. »Wir möchten Sie bitten, sich den Inhalt dieses Couverts mal anzusehen«, sagte er und legte den Umschlag vor Karstensen auf den Tisch. Dieser sah uns an, würdigte den Umschlag keines Blickes und meinte in festem Ton: »Ich werde an meiner Meinung nichts ändern. Egal wie viel Geld ihr mir bietet, es interessiert mich nicht.« Eine kleine Pause trat ein, in der jeder von uns überlegte, wie wir ihm klarmachen sollten, dass sich im Umschlag kein Geld befand. »Diese Sache wird Sie interessieren, glauben Sie mir!«, meinte Martin selbstsicher. Von einer dunklen Vorahnung beschlichen griff Karstensen wie in

Zeitlupe nach dem Briefumschlag, hob ihn auf, öffnete ihn und nahm den Inhalt heraus. Die Spannung, die in diesem Moment im Raum lag, war fast körperlich spürbar. Dass wir solche Geschütze auffahren würden, damit hat er mit Sicherheit nicht gerechnet, dachte ich. Der Lehrer starrte auf das erste Foto. Eine Ewigkeit lang, wie es schien. Dann auf das nächste … und das nächste … und das nächste. Bis er alle Fotografien durchgesehen hatte. Keiner von uns hatte eine Ahnung, wie er reagieren würde. Als er die Fotos beiseitelegte, wirkte er sehr blass und hilflos. »Also schön, ihr habt es geschafft, mich reinzulegen. Glückwunsch.« Eine kleine Pause trat ein. »Was wollt ihr von mir?« Die Frage kam so schnell, dass es mir fast ein bisschen peinlich war. »Wir möchten von Ihnen, dass wir auf dem nächsten Zeugnis in Mathematik und Geografie mit einem ‚gut' abschneiden. Egal wie unsere Tests ausfallen.« »Dann solltet ihr vielleicht des Öfteren für Arbeiten lernen.« »Nicht nötig«, meinte Patrick, ohne rot zu werden. »Wir haben ja die Fotos.« Eine ganze Weile starrte Karstensen vor sich hin. Dann meinte er: »Das funktioniert aber nur, wenn ihr niemandem sagt, welche Antworten ihr in Tests gegeben habt, und wenn ihr gegenüber niemandem mit euren Noten angebt.« Er sprach, als wäre ihm bereits jetzt klar, dass seine Laufbahn als Lehrer so gut wie beendet war. Sein Schicksal lag in den Händen einiger selbstgerechter, arroganter Schüler, die einen Weg gefunden hatten, ihn bis ans Ende seines Lebens zu erpressen. Wie konnte er nur so dumm gewesen sein? »Heißt das, Sie machen mit?«, fragte Martin gespannt. Karstensen hatte keine andere Wahl. Er musste mitspielen. Auf einmal sah er furchtbar alt aus. Langsam erhob er sich aus seinem Sessel und meinte schleppend: »Abgemacht.«

9. Kapitel

Dass wir diese Sache nun hinter uns hatten, ermöglichte uns, uns wieder auf die wesentlichen Dinge des Lebens zu konzentrieren, die wir in der letzten Zeit vernachlässigt hatten. Ich ging wieder öfter zum Training und ins Sonnenstudio, um möglichst bald mein Ziel, auszusehen wie Blade, zu erreichen. Außerdem gingen wir wieder öfter in den Park, um zu dealen, was wir wegen den Aufregungen der letzten Zeit nicht mehr so oft getan hatten.

Einige Wochen später fanden Martin, Phillip, Patrick und ich uns vor einem unscheinbar wirkenden Lokal in der Kaiserstraße in Frankfurt am Main wieder. Es war bereits dunkel und über der Eingangstür hing eine rote Leuchtreklame, die den Namen des Lokals, »Stanis«, verkündete. Wir waren relativ zuversichtlich, hatten wir uns doch alle innerlich auf diesen Besuch schon seit Wochen vorbereitet. Die Fenster waren von innen verhängt. Insgesamt machte der Laden einen eher unseriösen Eindruck. Wir gingen einige glitschige Treppenstufen hinunter und betraten das Lokal.

Ich wurde sofort an etliche Szenen aus Filmen erinnert, die zu sehen mir oft verboten worden war. Wir betraten einen verrauchten und stickigen Raum, der etwa zweihundert Quadratmeter groß war. An der Seite, die gegenüber der Eingangstür lag, befand sich eine Theke, an der ein einziger Barkeeper eine Hand voll Gäste bediente. In einer Ecke des Raumes stand ein Billardtisch, an dem zwei junge Männer spielten, obwohl ihre Aufmerksamkeit, wie mir zumindest schien, hauptsächlich der Mitte des Raumes galt, wo auf einem kleinen Podest ein Mädchen um eine Stange tanzte. Sie war wasserstoffblond und mit nichts bekleidet als einem Stringtanga. Sie mochte vielleicht zwei oder drei Jahre älter sein als ich. Als ich das Lokal betrat, trafen sich unsere Blicke und das intensive Grün ihrer Augen schien mich für einen Moment zu hypnotisieren. Um das Podest war ein Kreis aus zehn oder zwölf kleinen Tischen errichtet worden, von denen ungefähr die Hälfte leer war. Aus einigen Lautsprechern dröhnte ein Lied, in dem es immer wieder hieß »Voulez-vous coucher avec moi?«. Ich konnte meinen Blick einfach nicht von dem Mädchen abwenden, das mich unentwegt ansah und mich durch ihre grazilen Bewegungen auf zauberhafte Weise in seinen Bann zog.

»Kann ich mal eure Ausweise sehen?« Ich erschrak. Neben der Tür saß ein Mann, etwa Ende dreißig, auf einem Schemel. Er hatte kurzes, stoppeliges Haar, das offenbar nur auf der hinteren Hälfte seines Kopfes geeigneten Nährboden fand. Er trug ausgewaschene Bluejeans und eine Lederjacke und wirkte ziemlich muskulös. Der Mann war offenbar nicht besonders gut gelaunt und hatte ganz offensichtlich den Entschluss gefasst, den nächstbesten Besucher vor die Tür zu setzen. Mir war klar, dass der Kerl uns im hohen Bogen rauswerfen würde, sobald er unsere Ausweise gesehen hatte. Also sagte ich, als würde ich mich jeden Tag in dieser Art von Etablissement bewegen: »Wir sind mit Stani verabredet.« Der Kerl stutzte einen Moment. Dann meinte er in einem Anflug aufgesetzter Coolness: »Und wer ist ‚wir‘?« »Seine zukünftigen Geschäftspartner«, gab Patrick lässig zurück. Der Türsteher erhob sich schwerfällig und schritt zu einer Tür, die von einem roten Vorhang verdeckt war, hinter dem er verschwand. Einen Augenblick später kam er zurück und wies uns an, ihm zu folgen. Er führte uns in den Raum, aus dem er eben gekommen war. Das Zimmer war klein und heller als das eigentliche Lokal. In einer Ecke stand ein altes und verstaubtes Klavier und an dem einzigen Tisch in der Mitte des Raumes saß Stani, zusammen mit seinen beiden Leibwächtern. Als er uns erkannte, erhob er sich. »Freunde, schön euch zu sehen. Ich habe nicht mehr mit eurem Erscheinen gerechnet.« Obwohl Stani lächelte, verriet doch ein Unterton in seiner Stimme, dass er missbilligte, dass wir jetzt erst bei ihm aufkreuzten. »Wir hatten einiges zu erledigen«, meinte Martin abgebrüht.

Stani wies einen seiner Handlanger an, genügend Stühle für uns alle herbeizuschaffen. An den Zweiten gewandt meinte er: »Hey, Iwan, hol uns eine Flasche Wodka und Gläser.« Den Türsteher wies er an: »Es ist alles in Ordnung, Karl. Du kannst wieder gehen.« Karl grunzte und tat wie ihm geheißen. Stanis aufgesetzte Freundlichkeit machte mich misstrauisch. Ganz zu schweigen von der Tatsache, dass er gleich zum Alkohol überging, von dem ich ohnehin nicht viel vertrug. Kurz darauf saßen die Friedensstifter auf einer, Stani und Gefolge auf der anderen Seite des Tisches. Mit einer Floskel, die ich nicht mehr weiß, prostete Stani uns herzlich zu, und wir wurden dazu gezwungen, das Teufelszeug, das vor uns in Schnapsgläsern auf dem Tisch stand, zu exen. Nachdem wir alle unsere Gläser geleert hatten, nahm Stanis Miene einen ernsteren Ausdruck an. »Kommen wir nun zum Geschäftlichen. Ihr habt euch mein Angebot also überlegt?« Wir nickten. »Ja.« »Und wie habt ihr euch entschieden?«, fragte er gespannt. »Wir wollen mit Ihnen zusammenarbeiten«, meinte ich bedacht.

Stani machte einen zufriedenen Eindruck. »Das freut mich. Wann könnt ihr anfangen?« Das ging uns nun doch ein wenig zu schnell. »Ehrlich gesagt hätten wir gerne vorher noch einige Informationen«, sagte Phillip vorsichtig. »Aber natürlich«, meinte Stani verständnisvoll. »Mein Name ist Stanislaw, aber die meisten meiner Freunde nennen mich Stani.« Es war ganz offensichtlich, dass er bestimmte, welche seiner Freunde ihn so nennen durften. »Und das hier«, er wies auf die beiden Männer, »sind Iwan und Boris.« Danach stellten wir uns einzeln vor. »Schön, jetzt wo alles geklärt ist …«, meinte Stani. »Ähm, eigentlich meinte ich Informationen über die Ware, die wir verticken sollen, und vor allen Dingen wie viel und wo«, unterbrach ihn Phillip. Stani lächelte misstrauisch. »Ihr seid clevere Jungs, wirklich clever. Aber lasst uns das doch lieber ein anderes Mal besprechen. Trinken wir lieber noch etwas zusammen.« Offenbar wollte Stani noch nicht zu viel erzählen und uns zuerst etwas besser kennenlernen. Er goss jedem von uns ein weiteres Glas Wodka ein. Den Rest des Abends sprach Stani über eher belanglose Dinge. Er erkundigte sich nach unseren Berufswünschen, befragte uns zur Qualität unserer schulischen Ausbildung und wollte wissen, wie wir die Anforderungen des Unterrichts beurteilten. Nebenbei schenkte er uns ein Glas Wodka nach dem anderen ein. Stani gab sich die größte Mühe, den Eindruck eines lieben, netten Onkels zu erwecken. Obgleich ich den Eindruck nicht loswurde, dass seine Fragen genau überlegt und sehr gut durchdacht waren und darauf abzielten, so viel wie möglich über uns in Erfahrung zu bringen und uns vielleicht sogar zu enttarnen.

Nach zweieinhalb Stunden Smalltalk und einer weiteren

Wodkaflasche machten wir einen Termin aus, zu dem wir uns erneut treffen wollten, und verabschiedeten uns. Als wir das »Stanis« verließen, tanzte ein anderes Mädchen auf dem Podest. Eine Rothaarige, die etwa Mitte Zwanzig sein mochte. Das Lokal war jetzt voller als zum Zeitpunkt unserer Ankunft, und jeden von uns schmerzte es, als wir zur Tür hinausschritten.

Mittlerweile war es Herbst, und wir waren alle sehr zufrieden. Das Dealen ging voran, unsere Noten, besonders in Mathematik und Geografie, waren gut, obwohl wir nichts dafür taten, und niemand fand es heraus. Auch mit den Mädchen klappte alles bestens. Eines Abends hatte mich Julia angesprochen und mich gefragt, ob ich vom Einbruch in die Redaktion der Schülerzeitung gehört habe. Eine überflüssige Frage, denn jeder hatte davon gehört und nicht zuletzt war ich einer der Übeltäter, was sie natürlich nicht wusste. Wie dem auch sei. Sie wollte von mir wissen, ob ich ihr nicht helfen könne herauszufinden, wer dahintersteckte, da ich doch so eine gute Menschenkenntnis besäße und die meisten Schüler gut kennen würde. Außerdem müsse mir doch auch im Interesse der Pressefreiheit daran gelegen sein, diese Sache aufzuklären. »Du hast doch gesehen, was passiert, wenn du dich mit deinem journalistischen Eifer zu weit aus dem Fenster lehnst«, meinte ich beschwörend. »Willst du, dass so etwas noch einmal passiert?« »Nein, natürlich nicht. Und deshalb werde ich auch nichts mehr darüber schreiben, bis die Friedensstifter dingfest gemacht worden sind.« »Darauf kannst du lange warten.« »Wenn du mir hilfst, geht es sicher schneller«, sagte sie und lächelte mich an. Damit war die Sache klar. Die Kleine stand auf mich. Warum eigentlich nicht, sagte ich mir. Die Sache konnte sicher ganz lustig werden. Also setzten wir uns zusammen und überlegten, wer sich hinter den Friedensstiftern wohl verbarg. Und während wir spekulierten, mutmaßten, ausklammerten und verdächtigten, lachte ich mir ins Fäustchen und dachte mir: »Wenn die wüsste ...« Auch Patrick, Phillip und Martin fanden die Sache äußerst unterhaltsam, als ich ihnen davon berichtete. Doch Julia kam immer öfter zu mir, wollte Ratschläge, holte bei mir Erkundigungen über bestimmte Schüler ein, die sie verdächtigte, und bat mich um Hilfe bei ihren Recherchen. »Eine richtige kleine Detektivin«, witzelte ich immer in Gegenwart der anderen. Doch je mehr Zeit ich mit ihr verbrachte, um mich danach über sie lustig zu machen, desto mehr fing ich an, sie zu mögen. Bei näherem Betrachten fiel mir auf, dass sie gar nicht mal so übel aussah, und irgendwann, mehr aus einer Langeweile meinerseits heraus, wurden wir ein Paar. Nicht etwa dass ich sie geliebt hätte oder so, aber ich konnte sie gut leiden und sie war ein netter Zeitvertreib. Außerdem war sie nicht gerade schüchtern. Ich meine damit, sie war kein Kind von Traurigkeit. Sie besaß auch eine gute Allgemeinbildung. Sie interessierte sich für Politik, Philosophie und gesellschaftliche Themen, und es war oft sehr erfrischend, ihr dabei zuzuhören, wie sie über diese Dinge sinnierte. Auch wenn ich zugeben muss, dass ich bei unseren Diskussionen über diese Dinge oft den Kürzeren zog.

Wie gesagt: Es war alles bestens bis auf ... »Nächste Woche ist der Geburtstermin von Susis Baby«, meinte Patrick eines Tages überraschend, als wir in der Mittagspause zu viert im Park saßen. Er hatte lange nicht mehr davon gesprochen, und ehrlich gesagt hatte ich das Thema schon fast vergessen. Patrick offenbar auch. Denn ihm war wochenlang nichts anzumerken gewesen. »In ein paar Monaten machen die mit mir einen Vaterschaftstest«, sagte er, als würde das sein Todesurteil bedeuten. Phillip klopfte ihm etwas unbeholfen auf die Schulter. »Das wird schon. Wer weiß, von wem die sich ein Kind hat anstecken lassen.« Phillip musste selber merken, wie unlogisch diese Äußerung war, denn wenn Susi sich von einem anderen Kerl hätte schwängern lassen, hätte sie doch mit Sicherheit keinen Vaterschaftstest von Patrick verlangt.

Wir kamen jedoch schon bald auf andere Gedanken, denn zwei Tage später waren wir wieder im »Stanis« zu Gast. Diesmal war die Atmosphäre bereits ein wenig vertrauter. Als wir eintraten, saß wieder der schlecht gelaunte Türsteher neben dem Eingang. »Guten Abend«, grüßte ich ihn freundlich. Doch er meinte nur: »Stani wartet schon auf euch. Er ist hinten.« Mit einer ruckenden Kopfbewegung wies er auf den Raum, in dem wir schon letztes Mal gewesen waren. Heute waren kaum Gäste anwesend, obwohl es schon relativ spät war. Wir durchquerten das Lokal. Auch heute war wieder die Blondine auf dem Podest und tanzte. Wieder trafen sich unsere Blicke. Wieder hatte ich den Eindruck, sie würde mich hypnotisieren. Ja, geradezu eine lähmende Wirkung hatten ihre smaragdgrünen Augen auf mich. Unvermittelt blieb ich stehen und starrte das Mädchen an. Martin lief mir in den Rücken. »Menschenskind. Gaffen kannst du später, Mark. Lauf zu.« Wir betraten den Raum. Stani und seine Handlanger saßen am Tisch und spielten Skat. Die beiden schienen ihre Sonnenbrillen wirklich nie abzunehmen. Ob sie auch damit zu Bett gingen? Stani begrüßte uns freundlich und lud uns ein mitzuspielen. Wieder wurden Stühle herbeigeschafft und wir nahmen Platz. Diesmal nicht so sehr darauf bedacht, unsere Grenzen bei der Sitzverteilung abzustecken, wie das Mal davor.

Nach einer knappen Stunde, mir wurde schon langsam langweilig und ich fragte mich, ob wir diesmal wieder nichts Gescheites besprechen würden, wies Stani uns plötzlich an, die Karten beiseitezulegen. Gespannt warteten wir darauf, was nun geschehen würde. Stani sah jedem der Friedensstifter eindringlich in die Augen, als ob er ein letztes Mal versuchte, an uns irgendetwas zu entdecken, dass ihn dazu bewegen könnte, uns umzulegen. Offenbar fand er nichts, denn er zog keinen Revolver mit Schalldämpfer aus seinem Gürtel, sondern sprach langsam und bedächtig: »Also, ihr wollt wissen, was ihr für mich an den Mann bringen sollt, und das ist euer gutes Recht. Boris, hole uns doch bitte etwas von der weißen Lady.« Boris entfernte sich. Wieder fühlte ich mich an Szenen aus etlichen Filmen erinnert, die oft nur spät abends liefen. Die weiße Lady. Ich konnte mir schon denken, was damit gemeint war. Patrick offenbar nicht, denn als Boris wiederkam und ein kleines undurchsichtiges Tütchen bei sich trug, kaum größer als eine Streichholzschachtel, fragte er: »Was ist da drin? Haschisch? Ecstasy?« Stani grinste überheblich. Boris legte das Tütchen gut sichtbar auf den Tisch. Einen Moment lang starrten wir alle auf die Mitte des Tisches. Dann ergriff Stani das Tütchen und machte es auf. Er steckte die Finger hinein und zog sie wieder heraus. Zwischen seinen Fingerspitzen schimmerte eine klitzekleine Prise weißen Pulvers. Kokain. »Meine Herren, darf ich vorstellen: die weiße Lady. Sie erfüllt euch eure geheimsten Wünsche und macht euch zu dem, was ihr schon immer sein wolltet«, sagte Stani feierlich. Einen Moment lang sagte niemand ein Wort. Stani beobachtete uns interessiert und studierte unsere Reaktionen. Nach einem Moment meinte er: »Ich möchte, dass ihr das für mich verkauft. In eurer Stadt habt ihr ja schon gute Vorarbeit geleistet. Die Leute, die ihr vorher mit Gras versorgt habt, werden euch diesen Stoff hier wesentlich leichter abnehmen, wenn sie vorher schon des Öfteren gekifft haben. Ihr braucht einfach nur so weiter machen wie vorher, nur mit dem Unterschied, dass ihr jetzt unseren Stoff verkauft und nicht mehr euren. Klingt doch ganz einfach, oder?« Ich warf einen Blick auf die Gesichter meiner Freunde und las in ihren Blicken große Skepsis. Auch ich war alles andere als glücklich. »Aber ist dieses Zeug nicht tödlich?«, meinte Patrick unsicher. Stani wirkte ungehalten. »Oh, ich bitte euch. Glaubt ihr, dass der Konsum von Marihuana nicht tödlich sein kann. Auch das Rauchen von Zigaretten ist tödlich. Trotzdem ist es legal. Auf die Dauer ist der Konsum jeder Sache tödlich, wenn du so willst. Wenn du aber weißt, wo deine Grenzen liegen und es gut dosierst, hast du nicht das Geringste zu befürchten.« Ich war mir sicher, dass keinen von uns dieser Vortrag wirklich überzeugt hatte. Sollten wir wirklich allen Drogenpräventionsvorträgen zuwider handeln? Alle langweiligen Vorträge unserer Lehrer, Eltern und Betreuer wirklich ignorieren? Vielleicht sollten sie uns ja gerade auf solche Situationen vorbereiten. Andererseits würden wir den Dreck ja nicht selber konsumieren, sondern ihn nur verkaufen, und die Leute mussten selber wissen, was gut für sie ist und was nicht. Wenn sie es dennoch kaufen würden, wären sie selbst schuld. Ich betrachtete das Pulver zwischen Stanis Fingerspitzen und spürte, dass davon eine gewisse Anziehungskraft ausging. Etwas Mystisches, fast schon Geheimnisvolles und Faszinierendes. Und sei es nur, weil ich um die Gefahr wusste, die von dieser Droge ausging. Patrick, Phillip, Martin und ich sahen uns gegenseitig an, und ich sah ihnen an, dass sie alle in etwa das Gleiche dachten wie ich. Außerdem hatten wir Stani bereits unsere Mitarbeit zugesagt. Wie hätte ein Rückzieher jetzt ausgesehen? »Also gut«, meinte Martin. »Wir machen's.« Keiner von uns erhob Einspruch. Stani wirkte zufrieden. »Sehr gut. Die Sache sieht wie folgt aus: Ihr erhaltet zwanzig Prozent des Umsatzes. Den Stoff holt ihr euch hier ab, sobald euer Vorrat verbraucht ist. Die Preise werden nicht verhandelt und ihr lasst euch von euren Kunden zuerst das Geld geben, bevor ihr mit dem Stoff rüberkommt.« Er machte eine kleine Pause, überlegte kurz und fügte dann hinzu: »Und nur schon mal im Voraus: Wenn einer von euch etwas von dem Stoff verliert oder er auf irgendeine andere Art und Weise abhanden kommt, während ihr das Zeug besitzt, kommt ihr für den entstandenen Schaden auf. Ihr tragt zukünftig Drogen im Wert von etlichen tausend Euro mit euch herum und somit auch eine verdammt große Verantwortung.« Das erste Mal, seit meinem ersten Zusammentreffen mit Stani in der Garage, hatte ich wieder große Angst vor ihm, für einen kurzen Moment, und ich malte mir aus, was seine Schergen mit uns machen würden, sollten wir etwas von Stanis Kokain verlieren und nicht ersetzen können. Ein kalter Schauer lief mir über den Rücken. »Alles klar?«, fragte Stani. »Alles klar«, murmelten wir. »Gut.« »Und wann sollen wir uns die erste Fuhre abholen?«, fragte ich. »Ihr nehmt gleich heute etwas mit«, antwortete Stani. »Boris, gib ihnen die Ware.« Boris stand auf und kam mit einer Zigarrenkiste wieder. Er stellte sie vor Phillip auf den Tisch. Der öffnete sie vorsichtig. In ihr befanden sich etwa zwanzig übereinander gestapelte, undurchsichtige und verschweißte Plastiktütchen. »Der Inhalt dieser Kiste ist dreitausend Euro wert. Geht damit verdammt vorsichtig um. Wenn ihr auch nur ein Gramm unterschlagt, bekomme ich das mit. Und noch etwas: Seid ihr irgendwie abgesichert?« Wir stutzten. »Wie meinen Sie das?« »Seid ihr bewaffnet?« Wir glucksten über die Frage und verneinten. Stani wurde noch ernster. »Das ist kein Kinderspiel. Ihr solltet immer zu zweit gehen.« Mit diesen Worten öffnete er eine Schublade des Tisches und entnahm ihr zwei Gegenstände. Stani drückte mir ein Springmesser und Patrick einen Elektroschocker in die Hand. »Und wenn euch jemand über den Tisch ziehen will, macht ihr ihm Beine.« Ich betrachtete die Waffe in meiner Hand. Ich hatte noch nie zuvor ein solches Messer besessen. Es war schwer und etwa zwanzig Zentimeter lang. Der Griff war aus braunem Holz und gut verarbeitet. Ich drückte auf einen Knopf und die Klinge schoss mit einem Schnappen heraus. Das Metall schimmerte im Schein der Lampen. Ich drehte die Waffe langsam in der Hand und betrachtete mein Spiegelbild im Stahl der Klinge. Sie war noch so gut wie unbenutzt. Stani sah mir zu und lächelte. Dann wies er Iwan an, den Wodka herbeizuschaffen, und wir tranken. Nach einer halben Stunde bot Stani uns das Du an. Ich hatte das Messer wieder zusammengeklappt und es in meine Hosentasche gesteckt. Den ganzen Abend spürte ich es an meinem Bein und ich muss zugeben, das war ein gutes Gefühl. Als wir uns nach einer guten Stunde verabschieden wollten, betrat plötzlich die Blondine das Zimmer. Mittlerweile trug sie ein weißes Top und einen Minirock aus ausgefranstem Jeansstoff. Mir fiel auf, dass sie in etwa meine Körpergröße hatte. Sie blickte kurz in die Runde. Dann trat sie an den Tisch heran und meinte: »Onkel Stani, kann ich für heute Schluss machen? Es sind keine Gäste mehr da.« Stani stand auf und legte einen Arm um sie. »Darf ich vorstellen? Das ist meine Nichte Olga.« Sie nickte uns flüchtig zu. Stani stellte uns seiner Nichte kurz vor. Dann sagte er: »Aber natürlich kannst du für heute Schluss machen, Kind. Du warst wieder ganz besonders gut.« Olga küsste ihren Onkel auf die Wange und ging wieder. Ich sah ihr nach. Auch wenn sie nicht auf dem Podest um eine Stange gewickelt tanzte, wirkte sie äußerst anmutig und dass sie jetzt etwas mehr Kleidung trug, machte sie nur noch attraktiver. Martin verstaute die Zigarrenkiste in seinem Rucksack. Anschließend tauschten wir mit Stani die Handynummern aus, nur für den Notfall. Danach teilte er uns noch kurz mit, für wie viel Geld wir das Kokain zu verkaufen hatten. Dann verabschiedeten wir uns und verließen das Lokal. Es war menschenleer.

Als wir am Internat ankamen, selbstverständlich etliche Stunden nach Ablauf der Ausgangszeit, und unbemerkt über einen Zaun auf das Gelände klettern wollten, bemerkte uns der Nachtwächter und rügte uns, von wegen schon wieder zu spät. Wir lachten ihn aus und rannten davon. Von keiner weiteren Person bemerkt gelangten wir durch Fenster, die wir vorher in weiser Voraussicht offen gelassen hatten, in unsere Wohnhäuser. Am nächsten Morgen suchten uns die Betreuer auf und teilten uns mit, dass wir bis zum Ende der Woche Ausgangssperre hätten. Aber das juckte uns nicht großartig, war doch schon die Hälfte der Woche um.

10. Kapitel

Wir begannen also das Kokain in der Stadt Abend für Abend zu verkaufen. Ich bildete mit Martin eine Zweiergruppe. Natürlich waren viele unserer ehemaligen Kunden nicht so schnell bereit, uns Koks abzukaufen, wie sie es bei Pot gewesen waren. Das mochte einerseits natürlich an der Angst vor dem Stoff liegen, andererseits am Preis. Ein Teil unserer früheren Kunden kaufte nichts mehr bei uns. Obwohl wir jetzt weniger Leute belieferten als damals, wir nur zwanzig Prozent der Einnahmen behalten durften und diese ja auch noch unter uns vier aufteilen mussten, nahmen wir ein Vielfaches unserer früheren Gewinne ein. Für ein Gramm Kokain nahmen wir zehnmal so viel Geld ein wie für ein Gramm unseres besten Marihuanas. Mein schlechtes Gewissen blieb entgegen meiner Erwartung vollkommen aus. Doch das lag vielleicht auch daran, dass wir ausgemacht hatten, das Zeug nur in der Stadt zu verkaufen und nicht auf dem Internatsgelände, da wir Angst hatten, der Gesundheit unserer Freunde damit zu schaden. Wir verkauften im Internat weiterhin nur unseren Stoff. Stani bekam davon nichts mit, und wahrscheinlich wusste er ja auch nicht mal, dass wir an unsere Mitschüler überhaupt etwas verkauft hatten.

Eines Nachmittags war Julia mal wieder bei mir im Zimmer. Wir waren hauptsächlich bei mir, da ich ein Einzelzimmer hatte und sie nicht, und wir dadurch ungestörter waren. Sie war mit irgendetwas unzufrieden und als ich sie fragte, was denn los sei, kam auch prompt die Antwort:

»Es stört mich, dass wir abends nie etwas zusammen unternehmen können, weil du ständig mit deinen Freunden unterwegs bist. Du sagst mir ja nicht einmal, wo ihr hingeht und was ihr so macht. Aber ich würde gerne mal etwas mit dir unternehmen, irgendwo hingehen oder so. Ich meine nicht nur tagsüber. Außerdem finde ich es ziemlich unromantisch, dass wir immer nur am helllichten Tag miteinander schlafen, weil du abends wie gesagt nie da bist.« Was sollte ich dazu sagen? Sie hatte vollkommen Recht. Und im Grunde genommen fand ich das auch schade. Aber was sollte ich denn tun. Das, was ich abends tat, war nun mal wichtig. Das sagte ich ihr auch ganz offen. Woraufhin sie mir die Frage entgegenschleuderte, ob es denn wichtiger sei als unsere Beziehung. Ich wusste ganz genau, dass ich jetzt aufpassen musste, was ich sagte, und versuchte deshalb ihrer Frage auszuweichen. Ich versprach ihr, mir abends mehr Zeit für sie zu nehmen. Gleichzeitig fragte ich mich selbst, wie ich das wohl hinkriegen sollte. Ich hatte sogar mein Fitnesstraining und meine Besuche im Sonnenstudio in letzter Zeit wieder unglaublich vernachlässigt, und um Zeit zu sparen, überredete ich Julia dazu, mich bei diesen Aktivitäten zu begleiten. Aber natürlich reichte ihr das nicht.

Als ich meinen Freunden berichtete, dass ich abends mehr Zeit mit meiner Freundin verbringen wollte, lachten sie mich nur aus und nannten mich einen Pantoffelhelden. Sogar von Phillip, der eigentlich immer der Vernünftigste von uns war, musste ich mir Spötteleien gefallen lassen. Martin war wieder Single, denn Jenny hatte ihn dabei erwischt, wie er es mit Michelle getrieben hatte, und Patricks vierzehn Jahre alte Bekanntschaft war Patrick zu langweilig geworden. Also hatte er Schluss gemacht, per SMS, versteht sich.

Phillip hatte nie eine Freundin. Er hatte dafür eine einfache sowie logisch klingende und mir sehr einleuchtende Erklärung: »Die sind einfach viel zu teuer.« Mit »die« waren natürlich die Mädchen, die Weiber, die Tussis gemeint. Jeder wusste, dass Phillip nicht einer von denen war, die so etwas sagten, weil sie keine abbekamen und deshalb mit Sprüchen um sich warfen. Er hätte mehrere Mädchen zur Auswahl gehabt, wenn er gewollt hätte.

Er wäre auch nicht zu schüchtern gewesen, ein Mädchen anzusprechen. Phillip war zwar in manchen Dingen zurückhaltender als andere, wusste aber, wie er sich durchzusetzen hatte.

Eines Tages hatte es ein vorlauter Klassenkamerad gewagt, ihn als schwul zu bezeichnen. Phillip hatte schlagfertig gekontert und so getan, als hätte ihn das vollkommen kalt gelassen. Noch am selben Abend hatte Phillip ihm, mit Patricks und Martins Hilfe, hinterrücks einen Sack über den Kopf gestülpt und ihm den Arm ausgekugelt.

Die Tage wurden immer kürzer. Das hatte den Vorteil, dass wir jede Woche etwas früher an den Kanal gehen konnten, um dort zu dealen. Das wiederum bedeutete, dass wir länger draußen blieben, ohne die Internatsregeln zu verletzen. Martin und ich standen eines Abends, es war so gegen zwanzig Uhr, am Ufer des Kanals und vertickten unsere letzten Tütchen Kokain. Wir standen nebeneinander und froren, während wir auf den nächsten Kunden warteten. »Eigentlich seltsam, dass bis jetzt noch keiner gedacht hat, wir wären zwei Stricher, so wie wir hier rumstehen«,

96

meinte Martin nach einiger Zeit. »Das liegt daran, dass wir einfach viel besser aussehen als irgendwelche vergammelten Stricher.« Wir lachten. »Nach einer Weile meinte ich: »Verdammt kalt heute. Es dauert nicht mehr lange und wir haben wieder scheiß Winter.« »Ja, so ein paar lange Unterhosen wären jetzt ganz praktisch.« Ich sah ihn an. »So was tragen doch bloß Schwuchteln.« » Das mag schon sein. Aber die haben es im Gegensatz zu uns wenigstens warm.« Wir lachten wieder. »Sag mal, hast du schon mal was von dem Zeug probiert?«, fragte ich Martin. »Wovon?« »Na, du weißt schon.« Ich tippte mir an die Nase. »Bist du verrückt?«, sagte er. »Natürlich nicht. Das Zeug ist viel zu gefährlich. Du etwa?« »Nein.« »Da lob ich mir doch mein Gras. Das ist wesentlich ungefährlicher und dennoch erfüllt es meine Erwartungen voll und ganz«, meinte Martin, und sein Gesicht nahm einen sehnsüchtigen Ausdruck an. »Am liebsten würde ich mir gleich hier einen bauen, aber das käme wahrscheinlich nicht besonders gut rüber, wie?« Er feixte. Von weitem sah ich einen jungen Mann auf uns zukommen und erkannte voller Freude unseren allerersten Kunden. Der jetzt auch Kokain bei uns kaufte. Der junge Mann mit dem Irokesenschnitt. Er kam auf uns zu und blieb direkt vor uns stehen. »Hallo!«, begrüßte ich ihn freundlich. »Was darf es denn sein?«, wollte Martin wissen. »Eine Portion vom Üblichen«, gab der Irokese zur Antwort. Er wirkte ziemlich aufgedreht und nervöser als gewöhnlich. »Da hast du aber Glück«, meinte Martin, während er in seinen Rucksack langte. »Das ist die allerletzte Tüte.« Ich hielt die Hand auf. »Du kennst ja den Preis.« Der Mann wirkte verunsichert. »Ähm, ich hab da ein kleines Problem«, begann er. »Ich hab heute nicht so viel Geld dabei.« Mittlerweile hatte Martin den Stoff aus seinem Rucksack gekramt. »Was meinst du damit?«, fragte er argwöhnisch. »Ich kann das Zeug nicht sofort bezahlen.« Wir sahen ihn an. »Aber das ist kein Problem«, meinte er schnell. »Ich bring euch das Geld morgen vorbei.« »Und ob das ein Problem ist«, meinte ich. »Du weißt doch, dass wir so etwas nicht machen.« Sein Gesicht nahm einen fast flehentlichen Ausdruck an: »Ach, kommt schon, Jungs! Ich brauche das Zeug wirklich sehr dringend. Ihr könnt doch mal eine Ausnahme machen.« »Tut mir leid. Können wir leider nicht«, meinte Martin fest. Der Mann war am Rande der Verzweiflung. »Aber ich sage es euch doch: Ihr bekommt das Geld morgen. Versprochen!« »Das liegt nicht an uns, sondern an unserem Boss, der lässt sich auf so etwas nicht ein«, versuchte ich den Mann zu beschwichtigen, der mir irgendwie leid tat. »Genau, wenn du Stoff willst, dann musst du ihn auch gleich bezahlen. So läuft das nun mal«, meinte Martin mit Nachdruck. Der Mann sah offenbar ein, dass mit uns zu verhandeln keinen Sinn machte, denn er gab es auf, verstummte und fixierte mit sehnsüchtigen Blicken das Tütchen Kokain in Martins Hand. Und dann, ganz plötzlich, schnappte er sich den Stoff. Er riss Martin das Tütchen aus der Hand und stürmte mit einem Affenzahn davon. Wir waren vollkommen verdattert. Doch im gleichen Moment schoss es mir durch den Kopf, was Stani uns angedroht hatte, wenn uns etwas von der Ware abhanden kam. Martin dachte offenbar das Gleiche, denn er fluchte laut. Und dann ritt mich der Teufel. Ich riss das Springmesser aus meiner Hosentasche, ließ es aufschnappen und jagte dem Typ hinterher. Er war verdammt schnell und ich fragte mich bereits, ob ich ihn noch erreichen würde, als ich aus einem kleinen Seitenweg Phillip und Patrick kommen sah. Sie stießen auf der Höhe des Irokesen auf unseren Weg. Ich schrie: »Patrick! Schnapp dir den Typ da. Er hat unseren Stoff.« Patrick stutzte einen Moment. Dann begriff er. Er zog den Elektroschocker hervor, spurtete los, erwischte den Typ am Jackenärmel und versetzte ihm einen ordentlichen Stromschlag. Der Mann krümmte sich vor Schmerzen und ging zu Boden. Wenige Sekunden später war ich über ihm und hielt ihm das Messer unter die Kinnspitze. Der Irokese stammelte vor sich hin. Irgendetwas von wegen »Bitte nicht zustechen!«. Martin und Phillip trafen ebenfalls ein. Der Mann lag immer noch am Boden. Martin nahm den Stoff aus den wehrlosen Händen des Mannes. Dann trat er ihm in die Rippen. Plötzlich hörten wir Rufe. Etwa fünfzig Meter von uns entfernt war eine größere Gruppe Menschen, die auf uns zukamen und offensichtlich dachten, wir würden den Mann ausrauben. Dass das nicht der Fall war und wir nur unsere gestohlenen Drogen zurückholten, konnten wir denen natürlich nicht sagen. Phillip rief: »Nichts wie weg hier.« Und wir rannten los. Wir rannten und rannten, bis wir am Internatsgelände ankamen. Als wir wieder im Zimmer der Brüder versammelt waren, überwältigten mich auf einmal nie da gewesene Schuldgefühle. Hatten wir diesen Mann nicht in die Abhängigkeit getrieben? Waren wir nicht selbst schuld, wenn er uns bestahl? Wir hätten ihn ja nicht zum Drogenkauf überreden müssen. Hatten wir aus ihm ein drogenabhängiges Wrack gemacht? Konnte man sagen, er hätte das Zeug ja nicht kaufen müssen, wenn wir doch auf die Unwissenheit und Schwäche der Leute spekulierten und sie ausnutzten? Ich teilte diesen Gedanken meinen Freunden mit. »Du spinnst wohl«, meinte Martin und sah mich an, als wäre ich nicht ganz klar im Kopf. »Es gibt gewisse Regeln, an die man sich zu halten hat. Und dieser Typ hat sich nicht daran gehalten«, meinte Phillip. »Ja, genau«, pflichtete ihm Patrick bei. »Er hätte wissen müssen, was auf ihn zukommt, wenn er uns bestiehlt. Selbst schuld, würde ich sagen.« Danach sagte ich nichts mehr.

Eine Woche später war ich wieder im »Stanis«, um Stani unsere Einnahmen auszuhändigen und den neuen Stoff abzuholen. Diesmal waren die anderen nicht dabei. Ich saß mit Stani in seinem Hinterzimmer und wir tranken Wodka. »Also, Mark. Wie läuft es mit dem Verkauf der weißen Lady?«, wollte er wissen. »Ganz gut. Bis jetzt hatten wir kaum Schwierigkeiten.« Stani wirkte zufrieden. »Warum nennst du das Zeug eigentlich so?«, fragte ich ihn. »Du weißt nie, wo die verdammten Bullen überall ihre Ohren haben. Darum ist es gut, wenn so wenig Leute wie möglich wissen, wovon du redest.« Das leuchtete mir ein. »Hör mal, Mark. Da ist eine Sache, die ich noch mit dir besprechen wollte«, meinte Stani nachdenklich. »Ihr geht doch auf dieses Internat für Kinder von reichen Eltern.« »Ja.« »Ihr habt doch dort mit Sicherheit auch Marihuana verkauft. Nicht wahr?« Ich zögerte. »Warum fragst du?« »Weil ich möchte, dass ihr auch an eurer Schule unternehmerisch tätig werdet.« »Du meinst, wir sollen auch dort etwas von deinem Stoff verkaufen?« »Du hast es erfasst.« »Ähm, ich weiß nicht so recht, ob das eine gute Idee ist«, meinte ich vorsichtig. »Auf diesem Internat ist die interne Kontrolle ziemlich groß. Sehr wahrscheinlich würde das bald auffliegen.« Stani überlegte kurz. »Verstehe«, meinte er enttäuscht. »Tja, da kann man wohl nichts machen.« Den Rest des Abends tranken wir und spielten dabei Poker. Stani erzählte mir seine ganze Lebensgeschichte. Wie seine Eltern Anfang der Fünfzigerjahre von Russland nach Frankfurt ausgewandert waren, weil sie in ihrer Heimat politisch verfolgt wurden, wie er als Kellner in einer Kneipe angefangen hatte, wie er sich immer weiter nach oben gearbeitet hatte und schließlich ein eigenes Lokal eröffnet hatte. Mittlerweile besitze er drei an der Zahl, die zwar gut liefen, doch die »verdammten Albaner« versuchten die Szene zu übernehmen, und darum schwinde sein Absatzmarkt. Er könne mich gut leiden und erzähle mir deshalb diese Geschichte, die bis jetzt noch keiner kenne. Nach einer Weile bat er mich, ihn für einen Moment zu entschuldigen, und er verließ das Zimmer durch eine Tür, die zu den Toiletten führte. Als er nach einigen Minuten nicht wiederkam, beschloss ich, in den Gästeraum zu gehen und mir die Stripperinnen anzusehen. Außer mir war noch etwa ein halbes Dutzend anderer Gäste da. Heute Abend war Olga wieder auf der Tanzfläche und wieder war sie nur mit einem Tanga bekleidet. Ich setzte mich an den Tresen und sah ihr zu. Nachdem das letzte Lied verklungen war, legte sie eine Pause ein und setzte sich einige Plätze von mir entfernt an den Tresen. Kaum hatte sie einige Sekunden gesessen, sprach sie plötzlich ein nach Alkohol riechender Mann so um die vierzig an und meinte, sie habe ihm sehr gut gefallen und ob sie nicht Lust habe, sich etwas Geld dazuzuverdienen. Sie lehnte ab. Doch der Mann wollte offenbar nicht so schnell aufgeben und nannte ihr einen Geldbetrag. Als sie erneut ablehnte, wurde er etwas ungeduldig und fing an sie zu beschimpfen. Das bekam der Türsteher Karl mit, meinte offenbar, er müsse eingreifen, ging zum Tresen und packte den Mann hart am Arm, um ihn rauszuschmeißen, doch mit einer Entschlossenheit, die oft nur Betrunkene an den Tag legen können, griff der Mann sich plötzlich eine leere Bierflasche vom Tresen und schlug sie Karl auf den Schädel, der blutüberströmt zu Boden ging. Olga schrie. Der Mann wandte sich ihr zu und packte sie hart an der Schulter. Weiß der

Teufel, was mich ritt. Auf jeden Fall sprang ich auf, war mit einem Satz bei den beiden und schlug dem Mann, der mich offenbar nicht bemerkt hatte, mit beiden Fäusten so hart wie ich konnte ins Gesicht. Doch wie das so ist, haben Betrunkene oft den Vorteil eines verringerten Schmerzempfindens und so taumelte der Kerl nur etwas zurück und schüttelte den Kopf. Anschließend zerbrach er die Bierflasche am Tresen und richtete die zerborstene Seite gegen mich. Ich zog augenblicklich mein Messer aus der Tasche, ließ es aufschnappen und hielt es kampfbereit vor mich, während ich Olga zur Seite schob. Der Mann stierte wutentbrannt und mordlüstern vor sich hin und wollte gerade einen Schritt auf mich zu machen, da krachte es dumpf und der Mann brach zusammen. Hinter ihm stand Iwan mit einem Totschläger. Der Betrunkene stöhnte. Plötzlich waren Boris und Stani da. In Stanis Augen war ein wutentbranntes Funkeln, das ich noch nie zuvor gesehen hatte. Er sagte zu Iwan und Boris: »Stellt ihn auf die Beine.« Die beiden taten wie ihnen geheißen und hielten den Mann links und rechts an den Armen fest. Stani baute sich direkt vor ihm auf. Und dann schlug er zu. Blut lief dem Mann übers Gesicht, der wieder in die Knie ging. Doch die beiden Handlanger hielten ihn aufrecht. Stani schlug erneut zu. Diesmal in den Magen des Mannes. Ich bezweifelte, dass der überhaupt noch bei Bewusstsein war, denn sein Kopf baumelte träge durch die Luft und seine Augen waren verdreht. Dann rammte ihm Stani die Faust gegen den Unterkiefer und es knirschte. »Schafft ihn raus!«, befahl Stani. Boris und Iwan schleiften den Mann zur Hintertür hinaus. »Ist mit dir alles in Ordnung, Liebes?«, wandte Stani sich besorgt an Olga. Sie nickte. Dann wandte er sich an mich: »Das war wirklich sehr mutig, Mark. Ich bin dir zu großem

Dank verpflichtet.« »Halb so wild«, entgegnete ich und versuchte zu verhehlen, dass ich mir vor Angst fast in die Hosen gemacht hätte. »Nicht doch. Es ist gut zu wissen, dass es Leute gibt, auf die man sich im Notfall verlassen kann.« Mit diesen Worten zog Stani einen Hundert-Euro-Schein aus der Tasche und steckte ihn mir zu. Dann ließ er für Karl einen Krankenwagen rufen.

Nachdem sich die Wogen wieder geglättet hatten und Karl ins Krankenhaus gebracht worden war, bat Stani Boris darum, Olga nach Hause zu bringen. Ohne ein Wort des Dankes oder der Anerkennung ging Olga an mir vorbei, sah mich nicht mal an, verließ mit gesenktem Blick das Lokal. Stani bedankte sich erneut bei mir und gab mir einen Drink an der Theke aus. Nach einer Weile kamen wir wieder zum Geschäftlichen. Er händigte mir den neuen Stoff aus, versicherte mich ein letztes Mal seines Dankes und wünschte mir eine gute Heimfahrt.

Der Winter kam uns mit immer größeren Schritten entgegen und wir beschlossen, die Produktion von Gras nahezu einzustellen und nur noch einige wenige Pflanzen für den Eigenbedarf zu züchten. Bei mir daheim allerdings fiel der Anbau ganz aus, da mir meine Eltern draufgekommen waren und mit mir einen riesigen Streit vom Zaun gebrochen hatten. Ich fuhr am Wochenende kaum noch nach Hause, sondern blieb meistens im Internat. Das hatte den Vorteil, dass ich auch mehr Zeit mit Julia verbringen konnte und sich unsere Beziehung vertiefte. Wir verkauften immer mehr Stoff, da die Masse unserer Kunden zunahm. Die anderen Mitglieder der Friedensstifter hatten keine Lust, jedes Mal mit nach Frankfurt zu fahren, wenn wir uns neuen Stoff besorgen mussten, und so fuhr ich meistens allein. Doch das machte mir nichts aus. Im Gegenteil. Ich genoss die gemütliche, etwas verruchte Atmosphäre in Stanis Lokal.

An einem Abend Anfang November saß ich mit Patrick und den Brüdern zusammen in deren Zimmer und wir sahen uns einen Film an. Während Phillip, Patrick und ich auf die Mattscheibe starrten und beobachteten, wie Sylvester Stallone als Rambo durch den Urwald lief und irgendwelche Vietnamesen wegpustete, besah sich Martin voller Sorge in einem Spiegel an der Wand. »Scheiße! Ich glaub, ich krieg 'nen Pickel.« »Und warum genau glaubst du, dass uns das interessiert?«, meinte Phillip schnippisch, gerade als Rambo einer Reihe von Vietnamesen das Licht ausblies. »Nur einen?«, meinte Patrick voller Anteilnahme, ohne den Blick vom Bildschirm zu wenden. »Sei froh, Alter. Ich bekomme die Dinger zurzeit überall am Körper. Und zwar wirklich überall«, sagte er mit theatralischem Blick. »Haltet endlich die Fresse, ihr zwei«, schnauzte Phillip und schaffte es dennoch nicht, das Geräusch eines Sturmgewehres zu übertönen, das gerade durchgeladen wurde. Und zu seinem Bruder gewandt: »Hey, Pickelface! Gib mir mal 'ne Cola.« Martin warf seinem Bruder verärgert eine Büchse Pepsi zu. »Irgendwas stimmt nicht mit dir in letzter Zeit, Bruderherz«, meinte er beiläufig.

Am nächsten Tag hatten wir eine Leistungskontrolle im Hundert-Meter-Sprinten. Es war für November ungewöhnlich mild, und unsere Sportlehrer hatten beschlossen, dieses kleine Ereignis ein halbes Jahr vorzuverlegen, da man dieses schöne Wetter doch unbedingt auf dem Sportplatz ausnutzen müsse, bevor man gezwungen war, der Kälte wegen den Sportunterricht für die nächsten fünf Monate in die Turnhalle zu verlegen, wodurch sie sich den Zorn der gesamten Klasse zugezogen hatten. Vor Sport hatten wir eine Freistunde und Patrick und ich statteten Phillip und Martin eine halbe Stunde vor Stundenbeginn einen Besuch ab. Ich hatte halb damit gerechnet, dass Phillip wieder im Bett lag und simulierte, wie er es zu fast jeder sportlichen Leistungskontrolle tat. Er war ein eher unsportlicher Typ und wenn es auch nur die geringste Möglichkeit gab, um eine Disziplin herumzukommen, dann nutzte Phillip sie. Doch als wir am Zimmer der Brüder klopften, ging die Tür mit einem Ruck auf. Phillip hatte sich in Sportlerschale geworfen und wirkte zuversichtlich. »Na! Alles frisch im Schritt, Jungs?« Ich stutzte. »Du weißt doch sicher, was heute für ein Tag ist, oder?«, fragte ich ihn skeptisch. »Klar weiß ich das. Heute ist der Tag des Triumphes. Ich fühl mich topfit, Baby.« Ich lachte bei dem Gedanken daran, dass er dieses Ereignis noch vor einem Monat als Tag des jüngsten Gerichts bezeichnet hatte. Martin trat in die Tür. Er wirkte verschlafen. »Der ist schon seit der Mittagspause so drauf!« »Na dann los«, meinte Patrick. »Wir wollen noch zum Parkplatz und dem Wichser von Sportlehrer den Auspuff seines Autos verstopfen. Außerdem sollten wir uns vor dem Rennen noch besonders gründlich warm machen.« »Warm machen!«, meinte Phillip abschätzig. »Das ist doch was für Schlappschwänze.« Also gingen wir nur zu dritt zum Parkplatz. Dort beschlossen wir dann kurzerhand, es wäre doch unfair, nur ein Auto lahmzulegen, und taten es deshalb mit den Fahrzeugen aller Lehrer. Anschließend gingen wir zum Sportplatz und wärmten uns gründlich auf, weswegen wir von dem ahnungslosen Idioten, dessen Karre wir mit Lehm verstopft hatten, eine Eins plus in Mitarbeit erhielten. Phillip kam erst kurz vor Stundenbeginn. Wir liefen immer in Zweiergruppen. Patrick und Phillip, die in etwa ein Tempo hatten, liefen zusammen. Als die beiden in ihren Startblöcken Aufstellung genommen hatten, grinste Phillip Patrick an: »Pass auf, dass du nicht zu viel von meinem Staub schluckst.« Die meisten anderen lachten, da sie meinten, Phillip scherze über sich selbst. Doch dann kam der Pfiff und wären die beiden auf Sand gelaufen, hätte Patrick vermutlich eine ganze Menge Staub geschluckt, denn Phillip schoss geradezu an ihm vorbei, und Herr Lange, unser Lehrer, verkündete voller Überraschung die Zeit von zwölf Komma neun Sekunden, das beste Ergebnis, das an diesem Tag erzielt wurde.

Eine Woche später waren unsere Kokainvorräte wieder restlos verkauft, und ich musste wieder nach Frankfurt, um neuen Stoff zu besorgen. Stani empfing mich äußerst warmherzig. Das letzte Mal, als ich dort gewesen war, hatte es diesen Vorfall mit dem Betrunkenen gegeben und das war einen knappen Monat her. Stani war bester Laune, hatten sich unsere Verkaufszahlen in den letzten drei Monaten doch um fünfzig Prozent gesteigert. »Sieh mal, Mark. Ich mag dich«, versicherte er mir in seinem mir mittlerweile sehr vertrauten Akzent. »Ich werde nächsten Monat fünfundfünfzig Jahre alt. Und ich veranstalte hier in meinem Club eine kleine Feier. Hätten du und deine Freunde nicht Lust, mal vorbeizuschauen?« Ich sagte ihm, dass ich mich über diese Einladung sehr freue und dass ich den anderen seine Einladung ebenfalls übermitteln werde. Darauf tranken wir. Ich hatte festgestellt, dass die Trinkgelage in Stanis Lokal dafür sorgten, dass ich immer trinkfester wurde und von Monat zu Monat mehr vertrug.

Aber nach einer knappen Stunde begann Stani sich nicht gut zu fühlen. Er klagte über Magenschmerzen, sagte mir, ich solle auf Kosten des Hauses etwas an der Theke trinken, und zog sich zurück. Heute tanzte nicht Olga, sondern ein Mädchen, dass ich bis jetzt noch nicht gesehen hatte. Aber meiner Meinung nach machte sie ihren Job nicht besonders gut. Ich saß mit dem Rücken zur Tanzfläche und schlürfte einen Martini Bianco on the rocks, als mir jemand auf die Schulter tippte. Ich fuhr herum. »Hi!« Olga lächelte mich schüchtern an. Offenbar erwartete sie eine Reaktion, darum grüßte ich sie etwas verdattert zurück. »Darf ich mich zu dir setzen?«, fragte sie höflich. »Klar.« Sie nahm auf einem Hocker neben mir Platz. »Ich wollte mich eigentlich nur wegen letztens bei dir bedanken. Ich hatte dich vielleicht zuerst etwas falsch eingeschätzt. Ich dachte, so ein Grünschnabel, geschniegelt und gebügelt und im Anzug, fühlt sich toll, weil er hier im Hinterzimmer Gangster spielen darf.« »Grünschnabel?«, entgegnete ich etwas beleidigt. »Ich werde bald siebzehn.« Im gleichen Moment fiel mir auf, dass dieser Protest sich erst recht kindisch anhören musste. Sie lächelte eine Spur zu nachsichtig. Dadurch kam ich mir erst recht dumm vor. »Wie alt bist du denn?« »Neunzehn«, entgegnete sie. »Also viel zu alt für dich.« Langsam wurde ich sauer. Wofür hielt die sich eigentlich? »Sag mal, bist du zufällig eine von diesen Frauen, die sich für unwiderstehlich halten oder so?« Sie lächelte: »Du bist süß.« Aber mir war klar, dass sie nicht das »süß« meinte, mit dem Teenies Leonardo DiCaprio beschreiben, sondern jenes »süß«, das man verwendet, wenn man von einem rosigen, wohlgenährten Säugling spricht.

»Vielleicht sollte ich besser gehen«, meinte ich matt. »Wenn du meinst«, entgegnete sie gleichgültig. Dies war nicht unbedingt die Antwort, die ich mir gewünscht hatte, bestärkte mich jedoch in meinem Entschluss. Ich stand wortlos auf und ging.

»Es ist ein Junge.« Das waren Patricks einzige Worte, als er ins Zimmer kam. Wir sahen ihn an. Keiner von uns wusste, was er entgegnen sollte. Patrick setzte sich auf eine Bettkante. »Ich muss Alimente zahlen, bis das Balg achtzehn ist. Beziehungsweise meine Eltern müssen Alimente zahlen.« Ich meinte vorsichtig: »Dann ist es also sicher, dass es dein Kind ist?« Er nickte. »Ganz sicher.« Patrick machte eine lange Pause. »Susi wird von der Schule genommen. Ihre Eltern wollen ihr die Schmach ersparen. Sie soll auf eine Schule gehen, auf der keiner weiß, dass sie ein Kind hat.« »Und wie will sie ihn nennen?«, wollte Phillip wissen. Patrick schnaubte. »Patrick soll er heißen.« »Oh, Mann! Die muss dich ja wirklich lieben, Alter«, meinte ich. »Würde ich nicht, wenn du mich geschwängert und danach sitzen gelassen hättest«, meinte Martin unverfroren. Phillip und ich warfen ihm böse Blicke zu. Patrick reagierte nicht. Er wirkte irgendwie abwesend und starrte auf einen Punkt am Fußboden. »Das heißt ja nicht, dass ich es nicht genauso gemacht hätte«, versuchte sich Martin zu rechtfertigen.

Am nächsten Tag in der ersten großen Pause wurde ich Zeuge einer Szene, die mich nachdenklich werden ließ. Ich war gerade mit Patrick auf dem Weg zum Biologieunterricht, als ich beobachten konnte, wie Phillip ein Mädchen anbaggerte. Der gleiche Phillip, der immer der Meinung gewesen war, die Anschaffung von Freundinnen sei zu kostspielig. Der gleiche introvertierte, manchmal etwas schüchtern wirkende Phillip. Aber das Groteske an dieser

Situation war nicht einmal der Fakt an sich, sondern dass er dies ganz offensichtlich vor den Augen des Freundes des Mädchens tat. Ich war mir hundertprozentig sicher, dass Phillip wusste, dass dieses Mädchen bereits vergeben war und dass ihr Freund nur wenige Meter entfernt stand. Ich hatte noch nie gesehen, dass Phillip mit einem Mädchen flirtete, aber die Art, wie er es tat, und mit welcher Unverfrorenheit, das flößte mir Respekt ein. Das Paradoxe an dieser Situation war außerdem, dass das Mädchen offenbar mitmachte. Ihr Freund, höchstens ein Jahr jünger als Phillip, aber genauso groß, stand in Kampfposition daneben und war ganz offensichtlich kurz davor, auf Phillip loszugehen, der so tat, als wäre der Typ Luft. Nach einer Weile stieß er Phillip an: »Hey!« Phillip reagierte nicht, stand lässig da und rückte dem Mädchen noch ein gutes Stück näher. Der Junge stieß ihn erneut an. »Hey!« Jetzt rührte Phillip sich und wandte den Kopf. »Was gibt's denn?«, fragte er so cool, dass ich dachte, jeden Moment würden Eiswürfel aus seinem Mund rollen. »Was zum Teufel tust du da, Mann?« »Na, ich unterhalte mich.« »Sie ist schon vergeben«, sagte der Junge gereizt und spannte merklich seine Armmuskeln an. »Ach ja? Und an wen?«, fragte Phillip herausfordernd. »An mich«, sagte der Junge fest. »Irgendwie bin ich davon nicht so richtig überzeugt, Sportsfreund.« Der Junge krempelte provozierend die Ärmel seines Sweatshirts zurück, während dem Mädchen zusehends unbehaglicher wurde. »Dann werde ich dich gleich mal davon überzeugen.« Ich bezweifelte, dass Phillip in einer Auseinandersetzung siegen würde, war der Junge doch relativ gut durchtrainiert und wirkte recht entschlossen. Phillip wandte sich nun ganz von dem Mädchen ab, baute sich zu voller Größe vor seinem Gegner auf und ließ die Muskeln spielen. »Mach 'ne

Fliege, Freundchen«, sagte er scharf. »Und wenn nicht?«, schnarrte der Junge herausfordernd und stieß Phillip mit der flachen Hand gegen den Brustkorb. Phillip antwortete nicht, wich auch nicht zurück, starrte seinen Gegner nur an und versuchte offenbar die Situation abzuschätzen. Und dann schlug er zu. Der Schlag war nicht besonders exakt, aber dafür hart. Der Junge taumelte zurück, Phillip setzte nach und rammte ihm die Faust in den Bauch. Der Junge hatte jedoch offenbar angespannt, denn er knickte kaum ein und verpasste Phillip einen Aufwärtshaken. Der hatte sich dabei offensichtlich auf die Zunge gebissen, denn er spuckte Blut und trat einen Schritt zurück. Offenbar der Meinung, durch Ringen wäre ein Sieg besser zu erringen, machte er einen großen Satz und sprang auf den Jungen los. Der stürzte und Phillip landete auf ihm, kurz bevor die beiden anfingen, sich wie geisteskrank auf dem Boden zu wälzen. Doch schon einen kurzen Moment später waren Herr Lange und Herr Schulze zur Stelle und trennten das Knäuel aus wild fuchtelnden, um sich schlagenden und Blut spuckenden Schülern. Die beiden mussten zum Direktor, wurden dort abgemahnt und danach wieder in ihre Klassen geschickt.

11. Kapitel

Stanis Geburtstagsparty war ein Erlebnis. Wieder einmal wurde ich an Szenen aus Mafiafilmen erinnert. Das »Stanis« war geschlossen und nur Gäste der Party hatten Zutritt. Die Tür war verschlossen, und erst nach mehrmaligem Klingeln wurde uns geöffnet. Vermutlich lag dies an der Musik, die gut hörbar bis auf die andere Straßenseite hallte. Ich hatte alle Mitglieder der Friedensstifter überreden können mitzukommen. Iwan und Boris ließen uns ein. Ich war überrascht, dass Karl immer noch nicht wieder im Dienst war, doch als ich Stani darauf ansprach, erklärte er mir: »Diesen Idioten habe ich gefeuert. Wer nicht mal in der Lage ist, eines meiner Familienmitglieder vor einem Besoffenen zu beschützen, der hat in meinem Laden nichts zu suchen.« Wir hatten uns lange überlegt, was wohl ein geeignetes Geschenk für Stani war, und uns letztendlich für eine Kiste kubanischer Zigarren entschieden, die er mit aufrichtiger Freude entgegennahm.

Die Party war nach meinem Geschmack; obwohl das durchschnittliche Alter der Gäste wohl so um die vierzig betragen mochte, aber das machte uns nichts aus. Die Stimmung war herzlich, bisweilen ausgelassen, und wie immer sorgten die Mädchen auf der Tanzfläche für eine bestimmte Atmosphäre. Stani trug einen eleganten Smoking, wie die meisten anderen auch, und wirkte dadurch umso mehr wie ein Gentlemangangster. Die meisten der anderen Gäste waren Russen, die um eine oder mehrere Ecken mit Stani verwandt waren. Viele von ihnen waren in weiblicher Begleitung, die erstaunlicherweise immer wesentlich jünger zu sein schien. Außer den Tänzerinnen und den weiblichen Gästen gab es seltsamerweise auch Frauen, die zu niemandem zu gehören schienen. Aber offenbar nahm niemand Anstoß daran, dass sie da waren. Sie gehörten anscheinend irgendwie dazu. Es waren Mädchen, von denen keine älter zu sein schien als Mitte zwanzig. Sie waren jung, hübsch und leicht bekleidet. Ihre Aufgabe bestand offenbar darin, hin und wieder jemandem einen Drink zu servieren, mit den Gästen ein Pläuschchen zu halten und vereinzelte, männliche Gäste dann und wann in irgendein Hinterzimmer zu entführen, aus dem die beiden dann für eine halbe bis eine Stunde nicht mehr herauskamen. Das Verhältnis auf der Party Männer:Frauen betrug etwa 1:2. Ich schätzte die Zahl der Personen auf dreißig bis vierzig. Nachdem wir uns am pompösen Büfett gütlich getan hatten und etwas nutzlos herumstanden, begaben wir uns zur Theke. Die anderen Gäste schienen sich alle untereinander zu kennen. Sie standen in kleinen Grüppchen herum und schwatzten miteinander. Neben uns standen noch zwei andere Männer an der Theke, die eindringlich in einer fremden Sprache miteinander diskutierten. Mir fiel auf, dass sich bei ihnen, wie bei anderen Gästen auch, eine seltsame Ausbeulung unter der Jacke abzeichnete. Auch den anderen war das aufgefallen und als einer der Männer, die neben uns am Tresen standen, seine Jacke zurückschlug, konnte man deutlich ein Schulterholster erkennen. »Wow! Ist das eine echte Kanone?«, sprach Patrick den Mann begeistert an. Der zeigte sich freundlich und bejahte die Frage. »Darf ich mal sehen?« Der Mann zögerte. Aber schließlich zog er seine Waffe aus dem Holster und präsentierte sie Patrick stolz. Uns drei anderen wurde die Sache allmählich langweilig, da der Typ begann, Patrick die technischen Details einer halbautomatischen Schusswaffe zu erläutern. Wir wandten uns ab und bewegten uns in Richtung Tanzfläche. Stani wurde offenbar auf uns aufmerksam, denn er kam zu uns herübergeschlendert und wollte wissen, ob wir uns denn nicht amüsierten. Wir versicherten ihm, dass wir das taten, doch er schien uns nicht so recht zu glauben, denn er meinte: »Ich glaube, ich habe genau das Richtige für euch.« Er wandte sich ab und ging. Doch schon nach einer Minute war er wieder da, und zwar in Begleitung von drei sehr aufreizend angezogenen Sexbomben. Ohne weitere Erläuterungen meinte er: »Mädels, vertreibt euch ein bisschen die Zeit mit den Jungs, aber seid nicht so zurückhaltend, die sind ein bisschen schüchtern.« Dann ging er. Die drei machten ihren Job wirklich sehr gewissenhaft. Kaum hatten wir uns gesetzt, schnappte sich jedes der Mädchen einen von uns und begann mit frivolen Sprüchen. Mir kam das alles ziemlich aufgesetzt und etwas zu billig vor. Aber ich machte das Spiel eine Weile mit, nicht zuletzt, da mir gefiel, wie sie von meinem Bizeps sprach. Nach einiger Zeit, als sie etwas konkreter wurde, teilte ich ihr mit, dass ich nicht interessiert sei und außerdem eine Freundin habe. Das Mädchen zeigte sich nur leicht enttäuscht und setzte sich zu seiner Kollegin auf die zweite, noch freie Armlehne von Martins Sessel. Als Phillip und er erfuhren, was ich getan hatte, nannten sie mich einen Schlappschwanz und lachten mich aus. Es dauerte auch gar nicht lange, bis die fünf aufstanden und verschwanden. Ich war jedoch nur kurz alleine, da Patrick bald zu mir stieß, und als ich ihm erzählte, was inzwischen so passiert war und was die anderen beiden vermutlich gerade taten, fing er an zu schimpfen und zu fluchen und mich dafür zur Schnecke zu machen, dass ich nicht auf die Idee gekommen war, das mir zugedachte Mädchen an ihn weiterzuleiten.

Ich hörte mir sein Gerede einige Zeit lang an, dann stand ich auf und bewegte mich wieder in Richtung Theke. Und dann sah ich Olga. Natürlich tanzte sie heute nicht. Sie trug ein elegantes Abendkleid. In einer Hand hielt sie ein Champagnerglas, an dem sie von Zeit zu Zeit nippte. Sie sah einfach umwerfend aus. Ich tat so, als hätte ich sie nicht gesehen, und steuerte zielstrebig auf die Theke zu. Zu meinem Entsetzen stellte ich fest, dass sie genau das gleiche Ziel ansteuerte. Ich setzte mich auf einen Barhocker und sie nahm neben mir Platz. Ich starrte stur geradeaus. »Na, Kleiner!« So leicht machte sie es mir offenbar nicht. Ich warf ihr einen flüchtigen Blick zu. »'n Abend.« Ich richtete meinen Blick wieder nach vorn. »Keinen Bock zu quatschen?« Herr Gott noch mal! Was wollte die eigentlich von mir? »Du meinst darüber, wie toll du bist?« »Hey! Warum so empfindlich? Ich hab doch gesagt, ich find dich süß.« »Verarschen kann ich mich selber.« Wir schwiegen. Ich sah wieder geradeaus. Nach einer Weile meinte sie: »Ich hab dich beobachtet. Warum bist du nicht mit dem Mädchen mitgegangen?« »Ich hab 'ne Freundin«, antwortete ich knapp. »Sie hätte es vermutlich nie erfahren.« »Aber ich hätte ein schlechtes Gewissen gekriegt.« »Warum?« »Warum?« Ich stutzte. Was war das denn für eine bescheuerte Frage. »Ja, warum?« »Weil man so etwas nicht tut.« »Woher weißt du denn, was sie gerade tut?« Ich stutzte erneut. »Das weiß ich nicht.« »Na siehst du.« »Ich glaube, mit dir zu reden hat keinen Sinn«, sagte ich. »Wieso? Kommen dir Zweifel?« »Du bist mir unsympathisch.« »Und warum hast du mich dann gerettet, du kleiner Herkules?« Ich schwieg.

Eine Woche später lag ich auf meinem Bett und hörte Musik. Mir war langweilig und ich wusste nicht so recht, was ich mit meiner Zeit anfangen sollte. Plötzlich klopfte es und ohne dass ich etwas sagen konnte, schlug die Tür auf und Julia kam herein. Ich bemerkte sofort, dass sie sehr zornig war. Mit hochrotem Kopf stand sie vor mir. »Ist irgendetwas nicht in Ordnung, Liebling?« Sie schrie mich an: »Hör auf mit dem Scheiß!« Ich war vollkommen perplex. »Du hast mich die ganze Zeit angelogen. Ihr seid die Friedensstifter!« Ich sprang auf und schloss die Tür. Hoffentlich hatte sie niemand gehört. Dann stand ich einfach nur da und sah sie an. Ich wollte irgendetwas sagen, wusste aber nicht was. »Wer sagt das?«, wollte ich mit belegter Stimme wissen. »Alex. Er hat mir gesagt, ich solle dir doch mal ins Gewissen reden. Von wegen, ihr habt aufgehört, Gras zu verkaufen, und du solltest dir das noch mal überlegen, weil doch so viele Leute hier auf das Zeug angewiesen seien. Nicht zuletzt er. Offenbar ging er davon aus, dass ich in eure schmutzigen Geschäfte eingeweiht bin.« Ich dachte, sie würde jeden Moment vor Wut platzen. Doch plötzlich rollten Tränen über ihre Wangen. »Wieso hast du mich so für dumm verkauft? Ich dachte, du liebst mich.« »Aber das tue ich doch«, sagte ich verzweifelt. »Offenbar nicht«, schluchzte sie. »Ich wollte es dir ja sagen, aber ich hatte Angst, dass du mich dann sitzen lässt.« »Schwachsinn! Du hattest Angst, dass ich dich verrate. Wenn du überhaupt daran gedacht hast, es mir zu sagen.« Meine Nerven lagen blank. Ich wusste nicht, was ich noch sagen sollte. Also ging ich auf sie zu und versuchte sie in den Arm zu nehmen. Doch sie stieß mich von sich. »Dann warst du auch einer von denen, die die Redaktion verwüstet haben.« Ich schwieg. Das musste sie als Ja werten. In ihrem Blick lag ein Ausdruck abgrundtiefer Enttäuschung. »Zwischen uns war's das, Mark.« Ihre Gesichtszüge verhärteten sich. Ich wusste nicht, was ich sagen sollte. War ihr nicht klar, dass sie mir das Herz brach? Erst in diesem Moment wurde mir klar, wie gern ich dieses Mädchen hatte. »Bitte mach das nicht«, flehte ich. »Du weißt nicht, wie weh du mir damit tust.« Sie schnaubte verächtlich. Dann stieß sie mich zur Seite und stürmte aus dem Zimmer. Ich konnte ihre Schritte auf dem Gang hören, denn sie hatte die Tür sperrangelweit offen gelassen. Dann hielt sie plötzlich inne. Sie kam zurück. Ich hörte es ganz deutlich. Sie kam zurück. Gott sei Dank! Dann steckte sie erneut ihren Kopf zur Tür herein: »Keine Sorge. Ich werde dich und deine Spießgesellen nicht verpetzen. Aber ab heute bist du für mich gestorben.« Dann verschwand sie erneut. Und diesmal kam sie nicht zurück. In meinem Inneren zerbrach etwas. Plötzlich wurde mir speiübel. Ich rannte aufs Klo und übergab mich.

In der nächsten Zeit standen mir meine Freunde tatkräftig zur Seite, wenn es darum ging, meinen Liebeskummer zu bewältigen. Sie bedachten mich mit solch tröstenden Worten wie: »Sei froh, dass du die Alte endlich los bist.« Oder: »Weiber wie die gibt's doch wie Sand am Meer.« Oder auch: »Hör auf, Trübsal zu blasen, und such dir endlich 'ne Neue.« Diese, durchaus gut gemeinten Worte trugen jedoch nur wenig dazu bei, meinen Schmerz zu lindern. Ich fühlte mich furchtbar. Hinzu kam noch, dass diese Gefühle gar nicht in das Bild passten, dass die anderen Schüler von mir hatten. Ein Bild, das ich in akribischer Arbeit selbst geschaffen hatte und von dem ich wollte, dass es aufrechterhalten blieb. Aber was fast noch schlimmer war, war die Tatsache, dass dieser Gefühlszustand auch nicht in das Bild passte, das ich selbst gerne von mir gehabt hätte. Diese Hilflosigkeit und das Gefühl der Einsamkeit widerten mich an. Also versuchte ich mich abzulenken. Dies tat ich nicht etwa, indem ich mich sinnlos betrank oder meinem Körper auf irgendeine andere Weise Schaden zufügte, sondern ich lenkte mich auf eine Weise ab, die mir gleichzeitig dazu verhalf, mir sagen zu können: Du kannst jede haben. Du bist nicht nur auf ein einzelnes Mädchen angewiesen. Verschleudere dich und deinen Adoniskörper nicht an eine Einzige.

Während der kommenden vier Wochen schlief ich mit etwa einem halben Dutzend Mädchen. Dabei achtete ich kaum auf Sympathie oder Aussehen. Endlich machten sich meine monatelangen Trainingseinheiten und Solariumbesuche bezahlt. Denn ich fand heraus, dass die meisten Frauen entgegen der landläufigen Meinung auf einen bestimmten Typ Mann stehen. Auf den braun gebrannten, muskulösen, schlanken, normal groß gewachsenen, hübschen, gut gekleideten, gepflegten, selbstbewussten jungen Mann. Kurz gesagt: auf mich.

Wie dem auch sei. Es funktionierte. Mein Selbstwertgefühl stieg wieder, ich kam mir nicht mehr so einsam vor und es wollten mir sogar wieder neue Machosprüche einfallen.
 Bis ich sie sah. Zu zweit. Arm in Arm. Eng umschlungen. Sich küssend. Julia und ihren neuen Freund. Ein Junge aus der dreizehnten Klasse. Wenn ich darüber nachdenke, fällt mir nicht mal mehr sein Name ein. Ich weiß nur noch, dass ich mich einige Male mit ihm unterhalten hatte. Ich fand ihn, glaube ich, sogar ganz sympathisch. Ich begegnete den beiden im großen Flur, vor dem schwarzen Brett. Als ich die beiden sah, war ich wie vom Donner gerührt. Meine gute Laune, mein Selbstwertgefühl, alles war wie weggeblasen. Ich sah

sie, und sie sahen mich. Eigentlich sah nur er mich. Die beiden hörten auf, sich zu küssen, er machte sie auf mich aufmerksam und dann sahen die beiden zu mir herüber. Einen Moment lang sah Julia mir in die Augen, es war das erste Mal seit unserer Trennung, dass wir direkten Augenkontakt hatten. Dann drehte sie sich langsam wie um mir etwas zu beweisen zu ihrem Freund um und die beiden küssten sich leidenschaftlich. Ich dachte, es würde mich zerreißen. Wie konnte sie mir das nur antun? Julia musste doch wissen, wie weh sie mir damit tat. Oder wollte sie das vielleicht sogar? Konnte sie nicht ein wenig Rücksicht auf mich nehmen? Das war ja wohl nicht zu viel verlangt! Diese Demütigung war einfach ungeheuerlich. Meine Niederlage und Hilflosigkeit wurden nun für jedermann sichtbar. Im selben Moment, da ich die beiden sah, wurde mir klar: Der Typ ist fällig. Denke ich objektiv darüber nach, so muss ich mir eingestehen: Das arme Schwein konnte nichts für meinen Zorn und meine Gefühle.

Ich dachte also darüber nach, wie ich mich an den beiden rächen konnte, ohne dass jemand auf die Idee kam, mich zu verdächtigen. Ich brauchte für den Zeitpunkt meiner Rache ein wasserfestes Alibi. Ich begann den Typ zu beobachten und zu beschatten. Nach der Schule heftete ich mich an seine Fersen. Tag für Tag. Bald kannte ich den genauen Tagesablauf dieses Mistkerls. Auch war mir bald klar, wie ich mich an ihm dafür rächen wollte, dass er mir mein Eigentum entrissen hatte. Ich wurde nur noch in meinem Hass bestärkt, als ich erfuhr, dass Julia überall verlauten ließ, wie ungeheuer ernst es ihr mit ihrem neuen Freund sei und dass ihre Gefühle für ihn so groß seien wie für noch keinen anderen. Jetzt brauchte ich nur noch zwei Individuen, die bereit waren, einem Menschen körperliche Schmerzen zuzufügen. Zuerst dachte ich daran, jemanden aus dem Internat, für genügend Geld, mit dieser Aufgabe zu betrauen. Doch von diesem Gedanken ließ ich bald ab. Ich entschied, dass das Profis erledigen mussten, und beschloss, mich an Stani zu wenden. Er erklärte sich überraschend schnell bereit, mir einige seiner Schläger zur Verfügung zu stellen. Dann, eines Abends Mitte Januar, war es so weit. Bei seinem abendlichen Weg zum Fitnessstudio – der Drecksack trainierte auch –, am dunklen Kanal vorbei stülpten der armen Sau mehrere vermummte Gestalten einen Kissenüberzug über den Kopf, droschen mit Schlagstöcken auf ihn ein und raubten ihn aus. Er trug mehrere Prellungen, eine Gehirnerschütterung, Platzwunden sowie eine gebrochene Nase und zwei angeknackste Rippen davon. Zum selben Zeitpunkt, denn die Sache war zeitlich natürlich genau abgestimmt, betrat ich Julias Zimmer und forderte sie auf, mir zu verzeihen und zu mir zurückzukommen. Sie lehnte ab, doch ich ging ihr so lange auf die Nerven, bis jemand hereinkam und ihr mitteilte, ihr Freund liege schwer verletzt im Krankenhaus. Somit war mein Alibi perfekt. Die Sache wurde, wie ich es geplant hatte, als normaler Raubüberfall behandelt. Der Typ erstattete Anzeige gegen unbekannt. Doch die Täter wurden nie gefasst.

Ich weiß nicht wie, aber bis Julias Freund wieder zur Schule kam, was einige Wochen dauerte, hatte ich es tatsächlich geschafft, über sie hinwegzukommen. Und diesmal wirklich. Es störte mich auch nicht mehr, wenn ich den beiden im Flur begegnete und sah, wie sie ineinander verkeilt dastanden und sich gegenseitig die Zunge in den Hals steckten. Wusste ich doch, dass ich meine Rache bekommen hatte.

An dem besagten Abend, nachdem Julia die Botschaft erhalten hatte, dass ihr Freund Opfer eines Überfalls geworden war, stiefelte ich schnurstracks zum Zimmer der Brüder, um ihnen von meinem gelungenen Coup zu berichten. Ich war so guter Dinge, dass ich nicht einmal daran dachte, vorher anzuklopfen. Ich betrat ohne Ankündigung schwungvoll das Zimmer. Doch es war nur Phillip da. Er saß an seinem Schreibtisch, mit dem Rücken zur Tür, und als er mich hereinkommen hörte, wirbelte er erschrocken herum. Er starrte mich an und ich sah ihn nicht minder überrascht an, war mir doch sofort klar, was hier ablief. Denn auf seiner Oberlippe befanden sich Reste eines weißen Pulvers. Und hatte ich einen Moment lang angenommen beziehungsweise gehofft, es handle sich um eine harmlose Substanz wie Puderzucker, so fiel mein Blick im nächsten Moment auf den Taschenspiegel und die EC-Karte, die neben einem geöffneten Tütchen Koks auf der Tischplatte lagen. »Was zum Teufel tust du da?«, schrie ich ihn an. Von meiner eigenen Lautstärke überrascht, schloss ich schnell die Tür. Er sah mich nur groß an. »Weißt du überhaupt, wie gefährlich das Zeug ist? Verdammt noch mal!« Ich ging einen Schritt auf ihn zu. Er sah verunsichert aus. »Ich wollte doch nur mal probieren«, sagte er wie zur Entschuldigung. »Ich hab's bezahlt. Stani gehen keine Einnahmen verloren.« Auf einmal ergaben für mich alle Vorfälle, die sich in der letzten Zeit ereignet hatten, einen Sinn. Seine sportlichen Erfolge, seine Überheblichkeit, seine erhöhte Gewaltbereitschaft. »Du nimmst das Zeug doch schon länger, Mann!« »Nein, ehrlich nicht«, protestierte er. »Erzähl mir doch keinen Scheiß, Phillip!« Er sah etwas verschüchtert aus. »Du sagst das doch keinem, oder?«, meinte er kleinlaut. »Du musst damit aufhören, Alter. Das Zeug bringt dich um.«

Auf einmal wirkte er fast ein bisschen verzweifelt. »Das ist gar nicht so einfach, weißt du? Ich wollte doch nur mal probieren. Gucken, was für eine Wirkung das Zeug hat. Aber es ist ziemlich schwierig, damit aufzuhören, verstehst du?« Ich schüttelte nur den Kopf. »Du musst sofort damit aufhören«, sagte ich eindringlich. Er nickte. »Aber du darfst das keinem sagen, Mark. Sonst fliege ich hier raus. Die sperren mich dann in so eine komische Klinik oder so. Meine Eltern wären am Boden zerstört. Und Martin … Bitte sag's keinem.« Ich sah ihn an. Tränen traten ihm in die Augen. »Ich kann damit aufhören. Gar kein Ding. Nur bitte sag's keinem.« »Okay. Wenn du mir versprichst, dass du auf der Stelle damit aufhörst.« Ich ging zum Tisch und steckte das Koks in meine Hosentasche. »Versprochen!«, sagte er. »Wie viel hast du noch von dem Zeug?«, fragte ich scharf. »Nichts mehr. Den Rest haben wir gestern verkauft.«

Ich mache mir bis heute Vorwürfe, dass ich Phillip damals das Versprechen gab, es niemandem zu erzählen, und dass ich nicht genug für ihn tat. Vielleicht weil ich nicht genug für ihn tun konnte. Aber irgendetwas kann man immer tun.

Die Halbjahreszeugnisse kamen und meine Eltern waren sehr zufrieden mit meinen Noten. Auch die anderen Mitglieder der Friedensstifter hatten gute Noten auf ihren Zeugnissen. Manchmal ertappten wir uns sogar gegenseitig dabei, wie wir für eine Klausur lernten. Weiß der Teufel, was von Zeit zu Zeit in uns gefahren war. Wenn ich es nicht besser wüsste, dann würde ich sagen, wir wurden langsam zukunftsorientierter. Natürlich nur in sehr kleinen Maßen und immer darauf bedacht, dass das Ganze nicht überhandnahm. Gelegentlich unterhielten wir uns sogar über unsere Berufswünsche. Offenbar waren wir uns alle stillschweigend darin einig, dass wir nicht den Rest unseres Lebens damit verbringen wollten zu dealen. Nicht etwa dass wir keine Lust mehr gehabt oder Skrupel bekommen hätten, auch war diese Art, Geld zu verdienen, sicher nicht die schwerste, wahrscheinlich war es einfach nur die Lust auf etwas Abwechslung und neue Beschäftigung. Auch hatten wir gehört, dass die Polizei verstärkt Kontrollen und Razzien in unserer Stadt vornahm, was ohne Zweifel mit dem steigenden Drogenkonsum zu tun hatte, für den wir mit verantwortlich waren.

Martin wollte an die Börse. Offenbar hatte er Gefallen am großen Geld und am Tragen von Anzügen gefunden. Ich wollte auf jeden Fall studieren; was genau wusste ich noch nicht. Patrick sagte, er habe vor, eine Laufbahn als Chemiker einzuschlagen, um ein besseres Mittel gegen ungewollte Schwangerschaften zu erfinden. Ich glaube jedoch, diese Äußerung war von ihm nicht ganz ernst gemeint und entstand nur aus einer Laune heraus. Phillip war noch unentschlossen, was seinen Berufswunsch anging. Wahrscheinlich hatte er zurzeit auch andere Sorgen. Jedoch fiel mir auf, dass er sich nicht mehr auffällig verhielt. Anscheinend hatte er wirklich mit dem Koksen aufgehört, ich hatte ihn auch nicht noch einmal mit dem Zeug erwischt und jemand anderes offenbar auch nicht.

Der Winter war schneller vorbei, als ich gedacht hatte. Das stimmte mich fröhlich. Noch heute habe ich eine große Abneigung gegen Herbst und Winter. Ich assoziiere diese Jahreszeiten automatisch mit dem Tod. Umso glücklicher war ich, als ich sah, wie die Wildgänse wiederkehrten, die ersten Knospen aufblühten und die Tage immer länger wurden. Da ich keine Freundin mehr hatte, besser gesagt, noch keine neue hatte, hatte ich wieder mehr Zeit für mich selbst. Ich kiffte wieder öfter. Manchmal allein, manchmal mit den Jungs. Es kam vor, dass ich an manchen Tagen sechs oder sieben Joints rauchte. Es ging mir gut.

Anfang April, es war ein warmer Abend, war ich mal wieder im »Stanis«. Stani hatte mir den neuen Stoff gegeben und ich wollte mich gerade verabschieden, da klingelte das Telefon. Stani nahm ab, unterhielt sich eine kurze Weile mit jemandem, legte dann auf und meinte: »Die neue Lieferung ist da. Mein Mann aus Kolumbien ist gerade angekommen. Wir treffen uns mit ihm. Wenn du willst, kannst du mitkommen. Da lernst du, wie man große Geschäfte macht.« Ich wollte mitkommen, war ich doch gespannt darauf, wie ein Drogendeal unter Gangsterbossen stattfand. »Klar komme ich mit!« »Gut!«, meinte Stani. »Dann steck den ein.« Er ging zum Schreibtisch, öffnete eine Schublade und entnahm ihr einen Revolver der Marke Smith and Wessen. Zögernd nahm ich die schwere Waffe entgegen. »Wozu brauche ich die denn?« »Nur für den Fall der Fälle.«

Wir verließen das Lokal, flankiert von Boris und Iwan. Vor der Tür stand ein schwarzer Mercedes. Boris und Iwan stiegen vorn, Stani und ich hinten ein. Die Waffe hatte ich in meiner Jackentasche verstaut. Ich war jetzt doch etwas beunruhigt. Gab Stani mir eine Schusswaffe, weil er glaubte, es würde eine Schießerei geben? Vielleicht zwischen uns und einer anderen Bande von Dealern oder sogar zwischen uns und der Polizei?
Wir fuhren eine ganze Weile quer durch Frankfurt und

landeten letztendlich in einem heruntergekommenen Viertel in einer schmalen Gasse, zwischen Müllcontainern. Es war ziemlich düster und als wir ausstiegen, brauchten meine Augen eine Weile, bis sie sich an das schummrige Licht gewöhnt hatten, dass von einigen wenigen Laternen ausging.

Es dauerte nur etwa eine Minute, bis wir den Motor eines weiteren Autos vernahmen. Ein weißer Buick parkte etwa zehn Meter von uns entfernt. Ich sah mich um, konnte aber niemanden entdecken, der uns beobachtet hätte. Keine Menschenseele war auf der Straße. Fünf Latinos stiegen aus dem Wagen und machten misstrauische Gesichter. Vier von ihnen trugen dunkle Kleidung. Der Fünfte steckte in einem weißen, maßgeschneiderten Anzug. Er war schlank und trug seine halblangen schwarzen Haare glatt nach hinten gekämmt. Stani trat flankiert von Boris und Iwan einige Schritte vor. Ich hielt mich im Hintergrund und umklammerte instinktiv den Kolben des Revolvers. Diese Situation hatte etwas sehr Bedrohliches, wie ich fand. »Hey, Stani! Wer ist der Junge da?«, meinte der Latino argwöhnisch und wies auf mich. »Ein Mitarbeiter. Keine Sorge, Carlos. Der ist in Ordnung«, meinte Stani beschwichtigend. Carlos schnipste mit den Fingern. Einer seiner bulligen Begleiter ging zum Kofferraum des Buick und entnahm ihm einen metallenen Koffer. Auch Iwan ging zu unserem Wagen zurück, entnahm ihm eine Aktentasche und kehrte zu Stani und Boris zurück. Dann setzten sich die beiden Gruppen in Bewegung und gingen mit vorgehaltenen Koffern aufeinander zu. Ich wusste nicht so recht, was ich tun sollte, und blieb deshalb, wo ich war. Carlos nahm seinem Mitarbeiter den Metallkoffer ab und Iwan reichte Stani die Aktentasche. Die beiden Gangsterbosse öffneten die Koffer und hielten sich den Inhalt gegenseitig entgegen. Offenbar war jeder der beiden zufrieden, denn nachdem sie sich einige Sekunden wortlos gegenübergestanden hatten, wurden die Koffer wieder geschlossen und ausgetauscht. »Also dann!«, meinte Stani gut gelaunt. »Bis in einem halben Jahr.« »Wie immer!«, meinte Carlos. Damit stiegen die Latinos in ihr Auto und fuhren davon. Stani, Iwan und Boris kamen zurück zum Wagen, von wo aus ich die Szenerie beobachtet hatte. Plötzlich fielen mir aus dem Augenwinkel heraus zwei Gestalten auf, die hinter einem Container hockten. Der Container befand sich in einer kleinen Seitengasse, die auf der Höhe des Mercedes lag, und deshalb konnten die beiden Gestalten auch nur von mir bemerkt werden. Der Container befand sich etwa zwanzig Meter von mir entfernt und stand in der Nähe einer Laterne. Wahrscheinlich wäre es mir ansonsten unmöglich gewesen, die beiden zufällig zu entdecken. Die anderen drei konnten die beiden Männer ebenso wenig sehen wie umgekehrt. Einer der beiden Männer hielt ein Gewehr im Anschlag, wie ich voller Entsetzen bemerkte. Es bestand kein Zweifel daran, dass die beiden es auf Stani abgesehen hatten, denn mich hätten sie, wie ich mit noch größerem Entsetzen bemerkte, die ganze Zeit über töten können, stand ich doch minutenlang in der Schusslinie und hatte es nicht einmal bemerkt. Die ersten Sekunden lang war ich von diesen Erkenntnissen so überwältigt, dass ich keine Ahnung hatte, was ich nun tun sollte. Als ich einen Augenblick später den Revolver aus der Tasche zog und laut »Achtung« rief, etwas Besseres fiel mir in diesem Moment nicht ein, war es schon zu spät. Iwan, der einen Schritt vor Stani und Boris lief, war auf Höhe der Seitengasse, als mein Warnruf ertönte. Die drei blieben wie angewurzelt stehen. Eine knappe

Sekunde später ertönte ein ohrenbetäubender Knall und ich verspürte einen brennenden Schmerz in meiner linken Hüfte. Ich fiel zu Boden, sah noch, während ich fiel, dass meine Gefährten ebenfalls ihre Waffen zogen, war seltsamerweise keineswegs davon überrascht, dass jeder von ihnen, auch Stani, eine Pistole unterm Mantel trug, und sah im selben Moment, da der zweite Schuss fiel, wie Iwans Kopf vor meinen Augen buchstäblich zerplatzte. Ich hob den Arm und feuerte blindlings den gesamten Inhalt meiner Trommel in Richtung Container ab. Ich hatte noch nie zuvor eine Schusswaffe abgefeuert und war überrascht davon, wie schwer es ging. Die Schüsse dröhnten in meinen Ohren. Ich glaubte, ein seltsam gurgelndes Geräusch zu hören, und sah, wie der Heckenschütze zu Boden ging. Der zweite Unbekannte lief davon. Stani und Boris waren hinter eine Mülltonne gesprungen, hatten sich dort verschanzt und kamen erst hervor, als sie sicher waren, dass die Angreifer keine Gefahr mehr darstellten. Sie packten mich und verfrachteten mich auf den Rücksitz des Wagens. In manchen Hauseingängen ging Licht an. »Was ist mit Iwan?«, fragte Boris. »Du hast doch gesehen, was mit ihm ist. Wir können nichts mehr für ihn tun. Sieh nach, wer da auf uns geschossen hat«, herrschte Stani ihn an. Boris verschwand und Stani ließ den Wagen an. Wenige Augenblicke später sprang Boris ins Auto und wir brausten davon. »Und?«, fragte Stani. »Es ist einer der Marinettis«, meinte Boris. »Das hab ich mir schon fast gedacht. Ist er tot?« »Ja. Was machen wir mit dem Jungen?«, meinte Boris besorgt. »Wie es aussieht, hat er nur einen Streifschuss abgekriegt. Das können wir auch bei uns behandeln.« »Sollte er nicht lieber in ein Krankenhaus?« »Scherzbold! Und was sagen wir denen, wo er einen Streifschuss herhat?«

Ich stand lange unter Schock. Stani und Boris verfrachteten mich vom Hof aus, wo uns niemand sehen konnte, in eine Art Gästezimmer Stanis, in ein warmes, gemütliches Federbett. Dort lag ich nun. Blutend, schwitzend, vor Schmerzen und Kälte zitternd. Kaum waren wir angekommen, hatte Stani Olga angewiesen, mich notdürftig zu verbinden. Sie erwies sich als ausgezeichnete Krankenschwester, durch und durch professionell, und mir kam der Gedanke, dass sie so etwas vielleicht nicht zum ersten Mal machte. Was waren das nur für Verhältnisse? Und ich war mittendrin. Was hatte ich mich auch nur auf solch eine Scheiße eingelassen. Auf den Gedanken, dass es noch wesentlich schlimmer hätte kommen können, kam ich nicht. Ich bekam in den nächsten Stunden nicht viel mit. Ich spürte, wie Olga mir einen Druckverband anlegte und wie sie sagte, ein befreundeter Arzt ihres Onkels, zu dem man Vertrauen haben könne, sei unterwegs. Ich sprach die ganze Zeit kein Wort. Ich dachte, ich würde sterben. Der Arzt kam nach einer knappen halben Stunde. Ich weiß nicht mehr, was er alles mit mir anstellte, aber die Schmerzen wurden weniger und ich hörte auf zu bluten. Nachdem ich einige Minuten geschlafen hatte, trat Stani an mein Bett, weckte mich, hielt mir ein Telefon unter die Nase und sagte mir, ich solle im Internat anrufen und Bescheid sagen, ich sei krank und sei deshalb nach Hause gefahren. Somit würde keiner auf die Idee kommen zu fragen, wo ich wirklich war. Im selben Moment fragte ich mich jedoch, ob es klug war, mich in eine solche Abhängigkeit von Stani zu begeben. Deshalb hatte ich auch eigentlich vor, meine Freunde anzurufen und ihnen von der ganzen Sache zu berichten. Jedoch hatte mich das Telefonat mit dem Internat bereits viel Kraft und Überwindung gekostet. Sofort danach schlief ich wieder ein und wachte erst einen ganzen Tag später wieder auf. Als ich die Augen aufschlug, saß Olga an meinem Bettrand und lächelte mich an. Sie hielt mir eine Schüssel mit einer Hühnerbrühe entgegen. »Hunger?« Und ob ich Hunger hatte. Ich hatte bereits Bauchschmerzen vor lauter Hunger. Aber mein Appetit war gleich null. Ich nickte dennoch. Sie half mir, mich ein wenig aufzurichten, rückte mir die Kissen zurecht und dann fütterte sie mich. Eine Angelegenheit, die mir im höchsten Maße peinlich war, und ich hoffte inständig, nicht zu kleckern. Als die Brühe leer war, stellte Olga die Schüssel beiseite und sah mich an. Unwillkürlich wurden meine Augen feucht. Aber es war das pure Selbstmitleid, das mir zu schaffen machte. »Ich hab noch nie einen Menschen getötet«, sagte ich tonlos. »Aber du hast dadurch zwei anderen Menschen das Leben gerettet«, sagte sie und blickte mir sehr intensiv in die Augen. »Ich hätte auch Iwan retten können, wenn ich nicht so lange gezögert hätte«, sagte ich und meine Stimme versagte mir für einen Moment den Dienst. »Ich sehe laufend diese Szene vor mir. Ich habe noch nie auch nur annähernd etwas so Schreckliches gesehen.« »Mein Onkel hat mir erzählt, was passiert ist«, meinte Olga. »Und er ist dir sehr dankbar. Auch wenn du bis jetzt noch nichts davon mitbekommen hast. Iwans Tod macht ihm sehr zu schaffen.« Sie legte ihre Hand auf meine. »Du bist sehr mutig, Mark. Weißt du das eigentlich?« Es war das erste Mal, dass sie mich bei meinem Vornamen nannte. Sie blieb noch einen kurzen Moment in dieser Haltung sitzen, dann verließ sie wortlos das Zimmer. Ich persönlich fand das, was ich getan hatte, überhaupt nicht mutig. Wahrscheinlich hatte ich lediglich aus dem Gedanken heraus gefeuert, dass der Heckenschütze auch mich erschießen würde, wenn er die anderen beiden umgelegt haben würde. Zwei Tage später rief ich meine Eltern an, um ihnen mitzuteilen, dass ich wieder einmal im Internat bleiben würde, anstatt am Wochenende nach Hause zu kommen.

12. Kapitel

Olga verhätschelte mich in den nächsten Tagen meines Aufenthalts in Stanis Gästezimmer, wie ich es sonst nur von meiner Mutter gewöhnt war. Manchmal saß sie stundenlang an meinem Bett und wir unterhielten uns. Wir sprachen über alles Mögliche. Angefangen beim Wetter über unsere utopischsten Reiseziele bis zu unseren entferntesten Plänen für die Zukunft. Mir wurde bewusst, dass wir wahnsinnig viel miteinander gemeinsam hatten. Viel mehr, als es bei Julia und mir der Fall gewesen war. Ich konnte mich nach und nach über nahezu jedes Thema mit Olga unterhalten und konnte mir sicher sein, dass sie über eine große Mehrheit der Dinge genauso dachte wie ich.

Ich glaube, es war an meinem siebten oder achten Tag im »Stanis«. Es ging mir zusehends besser, wahrscheinlich auch durch die gute Gesellschaft. Olga hatte eine ganze Weile auf meiner Bettkante gesessen und wir hatten gerade eben festgestellt, dass mein Lieblingsschriftsteller, der Krimiautor John Grisham, zufällig auch ihr Lieblingsautor war, und wir hatten uns darauf geeinigt, dass »Die Liste« bis jetzt mit Abstand sein bestes Buch war, als sie mich ohne Vorwarnung und für mich sehr überraschend auf den Mund küsste. Es war ein verdammt langer Kuss. Zumindest kam er mir wie der längste vor, den ich bis dahin bekommen hatte.

Von diesem Tag an waren wir ein Paar. Und das sollte auch für eine sehr lange Zeit so bleiben. In den nächsten Monaten fuhr ich, sooft ich konnte, nach Frankfurt und dann unternahmen wir etwas zusammen. Wir schlenderten die Zeil entlang und bummelten, oder wir gingen ins Kino oder in den Zoo. Danach fuhren wir meistens in ihre Wohnung und oft blieb ich die ganze Nacht dort. Ich versuchte, mir so oft wie möglich Zeit für Olga zu nehmen, da ich von der Beziehung mit Julia her dachte, dies sei ihr vielleicht wichtig. Aber ich musste bald erkennen, dass ich damit falsch lag. Sie legte keinen gesteigerten Wert darauf, mich laufend zu sehen. Es dauerte etwas, bis ich das nicht mehr als persönliche Zurückweisung empfand. Aber so konnten wir es besser genießen, wenn wir zusammen waren, und wir hockten nicht aufeinander. Außerdem hatte jeder von uns zusätzlich sein eigenes Leben. Ich ging zur Schule, sie tanzte in Stanis Clubs. Seltsamerweise machte mich das nie eifersüchtig.

Während meiner Verletzung blieb ich insgesamt zwei Wochen im »Stanis«. Am letzten Abend kam Stani zu mir. Ich hatte ihn in der letzten Zeit kaum gesehen. Er setzte sich an mein Bett und schwieg. Er sah nicht glücklich aus. »Wer war der Mann, den ich erschossen habe?«, fragte ich ihn und ich war darüber erschrocken, wie abgebrüht ich mich dabei anhörte. »Ein Neffe eines meiner Konkurrenten«, meinte Stani knapp. »Vermutlich wussten sie, dass Carlos sich mit mir treffen wollte. Sie haben ihm am Flughafen aufgelauert und sind ihm gefolgt«, meinte er bitter. »Keine Sorge«, fügte er nach einer Weile hinzu. »Die Polizei wird der Sache nicht lange nachgehen. Sie werden sehr schnell merken, dass es sinnlos ist, Nachforschungen anzustellen. Und so lange die Marinettis nicht zugeben, dass sie einen ihrer Leute beauftragt haben, mich zu töten, werden die

Bullen auch nicht darauf kommen, dass einer meiner Leute ihn erschossen hat. Und selbst wenn? Sie haben zuerst geschossen. Wenn nachgefragt wird, was wir dort zu dieser Zeit getan haben, wäre das zwar nicht gut, aber wir könnten denen sonst etwas erzählen. Wichtig ist, dass du dir immer wieder sagst, dass du nichts Unrechtes getan hast. Es war sozusagen Notwehr.« Dass ein Mann wie Stani plötzlich auf die Rechtmäßigkeit einer Handlung verwies, wirkte fast grotesk. »Ich möchte dir etwas geben«, sagte er nach einem kurzen Moment. Er zog eine schwarze Schachtel aus seiner Tasche und überreichte sie mir. Ich klappte sie auf. In ihr befand sich eine goldene Herrenarmbanduhr. Ich nahm sie heraus. Sie war brandneu und musste sehr teuer gewesen sein. Ich hielt den schweren Gegenstand in meiner Hand, als mir auf der Rückseite eine Gravur auffiel. Dort stand: »Von einem dankbaren Freund«. Ich sah Stani an. »Die muss ein Vermögen gekostet haben. Das kann ich unmöglich annehmen.« »Was du für mich getan hast, war wesentlich wertvoller. Nimm sie ruhig.« Mit diesen Worten erhob er sich. »Vielen Dank«, sagte ich aufrichtig. Er nickte und verließ das Zimmer.

Ich malte mir aus, was wohl geschehen würde, wenn die ganze Sache ans Licht kam. Wenn sich herausstellen würde, dass ich für einen Gangsterboss mit Kokain gehandelt hatte. Wenn herauskam, dass ich jemanden erschossen hatte. Selbst wenn es nur Notwehr gewesen war. Ich hätte überhaupt keine Waffe besitzen dürfen. Ich fragte mich, ob es nicht Zeit war auszusteigen. Gleichzeitig wusste ich, dass das unmöglich war. Dafür war ich schon zu lange dabei. Ich hätte gleich von vorneherein nein sagen müssen. Doch jetzt war es zu spät. Und mir war klar, dass Stani mich, trotz unserer fast schon freundschaftlichen Beziehung oder vielleicht gerade deshalb, nicht einfach würde gehen lassen. Er hätte das sicher als Verrat interpretiert. Ich sah mich gedanklich in irgendeinem Hinterhof hinter Müllsäcken mit durchschossenen Schläfen liegen. Und wenn, dann mussten auch Martin, Phillip und Patrick dem Dealen den Rücken kehren. Und ich wusste nicht, ob sie das wollten. Zumal die drei schon seit Monaten nicht mehr in Frankfurt gewesen waren. Die geschäftlichen Dinge mit Stani regelte ich allein. Außerdem war da noch eine andere Sache. Ich hätte sicher auch den Kontakt zu Olga verloren, wenn ich die Geschäftsbeziehung mit Stani beendet hätte. Und das wollte ich nicht. Also blieb alles beim Alten. Vorerst.

13. Kapitel

Stanis befreundeter Arzt schrieb mir eine Beurlaubung für die zwei Wochen, in denen ich gefehlt hatte, und nachdem er mich noch einmal durchgecheckt und festgestellt hatte, dass alles so weit in Ordnung sei, ging ich wieder zur Schule. Die Jungs waren völlig von der Rolle, als ich wieder auftauchte. Ich hatte sie nach meinen Eltern angerufen und grob umrissen, was geschehen war, auch damit sie nicht auf die Idee kamen, bei mir zu Hause anzurufen und sich nach mir zu erkundigen. Sorgsam hatte ich die Stelle ausgespart, an der ich aktiv in das Handlungsgeschehen eingegriffen hatte. Einerseits weil ich mich vor der Reaktion meiner Freunde fürchtete, andererseits weil es in mir ein sehr seltsames Gefühl hervorrief, darüber nachzudenken. Ich musste alles ausführlich wiedergeben, erwähnte jedoch wieder nichts davon, dass ich einen Menschen getötet hatte. Die drei kamen aus dem Staunen nicht mehr heraus. Aber ich erzählte es nicht gern und Patrick, Martin und Phillip mussten immer wieder nachfragen. Nach einer Weile merkten sie, dass mir das Erzählen nicht leicht fiel, und sie gaben sich mit dem zufrieden, was sie wussten.

Die Zeugnisse kamen und wir wurden selbstverständlich auch in die zwölfte Klasse versetzt. Dies lag möglicherweise auch zu einem kleinen Prozentsatz daran, dass wir gelegentlich für eine Klausur lernten, anstatt uns voll und ganz darauf zu verlassen, dass uns unsere guten Noten in Mathematik und Geografie schon rausreißen würden.

Die Sommerferien über war ich hauptsächlich unterwegs. Mal war ich im »Stanis«, mal war ich bei Martin und Phillip. Aber meistens unternahm ich etwas mit Olga. Wenn wir nicht gerade unterwegs waren, so verbrachten wir fast den gesamten Tag im Bett. Ich fühlte mich unglaublich reif und erwachsen, was vermutlich nicht zuletzt daran lag, dass Olga drei Jahre älter war als ich. Außerdem war ich jetzt siebzehn. Im Nachhinein erschienen mir meine Gefühle, die ich im Zusammenhang mit der Trennung von Julia empfunden hatte, kindisch und pubertär.

Als das neue Schuljahr begann, gab es einiges für mich zu tun. Einerseits begann nun die sogenannte Qualifikationsphase. Das bedeutete, die Punkte, die wir nun sammelten, würden die Noten unseres Abiturzeugnisses widerspiegeln und somit den weiteren Verlauf unseres Lebens beeinflussen. Also bedeutete das: lernen. Aber zum Glück nicht nur. Es war an der Zeit, dass ich Karstensen aufsuchte und ihn anwies, jedem von uns nur noch Einsen zu verpassen, da uns ein »gut« in Mathe und Geo nicht mehr ausreichte. Ich hatte diesen Mann schon seit Monaten nicht mehr gesehen. Er wirkte ausgemergelt und abgespannt. Dies lag vermutlich auch daran, dass er jederzeit damit rechnen musste, wir würden mit unseren guten Noten angeben, es würde herauskommen, dass diese nicht gerechtfertigt waren, und dann würde die ganze Sache auffliegen. Er konnte ja nicht wissen, dass wir viel zu schlau waren, um uns zu so etwas hinreißen zu lassen. Selbstverständlich erklärte er sich sofort dazu bereit, unsere Noten noch weiter zu verbessern, auch wenn es ihm sichtlich an die Substanz ging. Ich hatte jeden Respekt vor diesem Mann verloren. Mein Anliegen brachte ich in forderndem Ton vor und wedelte gleichzeitig mit meinem Druckmittel, den Fotos.

Die zweite große Sache, die wieder in Angriff genommen werden musste, war das Dealen, das wir während der Sommerferien ganz ausgesetzt hatten. Dadurch waren Stani erhebliche finanzielle Defizite entstanden, worüber er äußerst ungehalten war. Also fingen wir wieder an, wie die Verrückten Koks zu verkaufen.

Es war eines Abends, ich glaube, Ende September, ich kam gerade aus Frankfurt, als mir auf dem Flur Martin begegnete. Er wirkte sehr aufgeregt und kam mir schon von weitem entgegengelaufen. »Mensch, Mark! Da bist du ja endlich. Ich hab versucht dich anzurufen, aber dein verdammtes Handy ist ja die ganze Zeit ausgeschaltet.« Ich war von seinem Ansturm so überrascht, dass ich ihm nicht mal einen Spruch entgegenschleuderte, sondern nur verdutzt meinte: »Ja, sorry! Mein Akku ist unterwegs ausgestiegen. Was gibt's denn so Dringendes?« »Die Bullen sind hier. Und sie wollen zu dir.« Diese Antwort war wie ein Schlag ins Gesicht. Mein erster Instinkt war: Dreh um und lauf so schnell du kannst davon. Aber stattdessen blieb ich wie vom Donner gerührt stehen. In meinem Schädel hämmerte es. Was war geschehen? Hatte bei Stani eine Razzia stattgefunden und jemand hatte eine Verbindung zu uns hergestellt? Oder hatten die Polizisten einfach irgendeinen Junkie auf der Straße aufgegabelt und ihn gefragt, von wem er das Zeug bezog? »Bei uns waren sie auch schon. Aber sie haben nichts gefunden, da wir ja das ganze Gras bei dir gelagert haben, und das Koks war ja zum Glück schon restlos verkauft.« »Wo sind sie jetzt?«, fragte ich panisch. »Eben waren sie noch im Sekretariat und sprachen mit den Betreuern darüber, dass sie einen Tipp bekommen hätten, wonach wir im Besitz illegaler Drogen seien.« »Wer ‚wir‘?«

»Na wir vier. Patricks und unser Zimmer haben sie bereits durchsucht, aber nichts gefunden. Aber ich glaube, sie sind gerade auf dem Weg zu deinem Zimmer.« Ich spurtete los. Entschlossen, noch vor den Polizisten in meinem Zimmer anzukommen und das Gras verschwinden zu lassen. Doch als ich davor ankam und so schnell wie möglich die Tür aufschließen wollte, stellte ich fest, dass sie schon offen war. Drei Polizisten befanden sich in meinem Zimmer und durchsuchten es von oben bis unten. Einer von ihnen hatte mich bemerkt und wandte sich zu mir um. »Bist du Mark?« Jetzt drehten sich auch die anderen beiden Polizisten um und sahen mich an. Ich schwieg. Wieder hämmerte es mir durch den Kopf, einfach wegzulaufen. Immerhin wusste ich nicht, was es für Auswirkungen haben konnte, wenn man Gras bei mir fand. Gleichzeitig war ich so vernünftig einzusehen, dass mir wegrennen nicht das Geringste gebracht hätte. Ich wurde ärgerlich. »Was zum Teufel suchen Sie in meinem Zimmer? Ich verlange, gefälligst um Erlaubnis gefragt zu werden, bevor jemand meinen Raum betritt. Und erst recht wenn ich nicht da bin.« »Also bist du Mark«, stellte einer der Laubfrösche resignierend fest. »Dann gehört das hier wohl auch dir?« Er hob ein Beutelchen Gras in die Luft. »Cleveres Versteck, ehrlich.« Ich starrte eine Sekunde auf den Gegenstand. Dann sagte ich: »Das gehört nicht mir«, und bemerkte gleichzeitig, wie unglaubwürdig dies klang.

Die Bullen konfiszierten das Gras und ließen durchblicken, es würde ein Verfahren gegen mich eingeleitet werden. Ich musste bei der Internatsleitung vorstellig werden, durfte mir einen mehrstündigen Vortrag über die Gefahr, die von Drogen ausging, anhören, musste mir sagen lassen, ich hätte das Ansehen unserer Einrichtung besudelt, und wurde mit einer Verwarnung bedacht. Gleichzeitig wurde mir mitgeteilt, ein weiteres Vergehen dieser Art habe einen Rauswurf zur Folge. Außerdem musste ich bei unserer Schulpsychologin vorstellig werden, die mir in eindringlichem Ton mitteilte, Missbrauch von Drogen jeglicher Art sei keine Lösung zur Bewältigung von Problemen. Die schlimmste Standpauke jedoch erhielt ich von meinen Eltern, die vom Internat über die Vorgänge informiert worden waren. Ich musste von nun an jedes Wochenende nach Hause kommen, mein Taschengeld wurde für drei Monate um die Hälfte gekürzt und ich hatte auf unbestimmte Zeit Wochenendausgangsverbot. Die Betreuer wurden von meinen Eltern angewiesen, mich nicht mehr nach einundzwanzig Uhr aus dem Haus zu lassen und sie über jeden noch so geringfügigen Verstoß meinerseits zu informieren. Das einzig Gute war, dass sich nach etwa zwei Wochen der Anwalt meiner Eltern bei mir meldete, den sie beauftragt hatten, sich meiner Sache anzunehmen, um mir mitzuteilen, dass das Verfahren gegen mich wegen Geringfügigkeit eingestellt worden war. Als ich das hörte, schoss es mir durch den Kopf, was wohl geschehen wäre, hätte man auch noch, zusätzlich zu dem Gras, Kokain bei mir gefunden. Ich war heilfroh, so viel Glück im Unglück gehabt zu haben.

Es war klar, dass uns jemand bei der Polizei angeschwärzt haben musste, und auch Martin, Phillip und Patrick waren äußerst erbost darüber, dass ihre Zimmer durchsucht worden waren. Für uns stand fest, dass der Verräter aus den Reihen unserer Mitschüler kam. Die Frage war nur, welcher von ihnen war es? Es war natürlich möglich, dass ein Schüler, der früher von uns Gras bezogen hatte, sich darüber ärgerte, dass wir den Verkauf aufgegeben hatten, und uns das heimzahlen wollte. Jedoch war dies eher unwahrscheinlich, hatten wir doch zu jedem unserer damaligen Kunden ein recht gutes bis ausgezeichnetes Verhältnis gehabt. In Frage kamen also diejenigen, denen einer von uns oder wir gemeinsam einst ans Bein gepinkelt hatten, und das waren, wenn wir im Nachhinein darüber nachdachten, eine ganze Menge. Dies erschwerte die Suche nach dem Schuldigen natürlich. Hinzu kam, dass es in der letzten Phase unseres Daseins als Cannabisdealer immer schwerer gewesen war, die Geheimhaltung zu wahren. Zu wem man gehen musste, wenn man Gras rauchen wollte, war bei über der Hälfte der Internatsbewohner so etwas wie ein offenes Geheimnis. Doch wir setzten Himmel und Hölle in Bewegung. Wir bezahlten Schüler aus allen Jahrgängen, denen wir vertrauten, und beauftragten sie damit, Nachforschungen anzustellen. Sie sollten sich umhören, nachfragen, Interesse heucheln, spionieren und aushorchen. Es war eine wahre Hexenjagd und wir investierten einiges an Geld. Unsere Spione waren überall. So dauerte es auch nur eine gute Woche, bis der Schuldige zweifelsfrei feststand. Im Nachhinein sagten wir uns, auf den hätten wir eigentlich gleich kommen müssen. Es war der Junge, dessen Freundin Phillip vor einigen Monaten angebaggert und mit dem Phillip sich anschließend geprügelt hatte.

Natürlich hatten wir nicht mal ansatzweise Verständnis für das Motiv seines Handelns.

Die Rache der Friedensstifter war schrecklich.

Es dauerte nicht lange, bis wir uns eine geeignete Strafe für ihn überlegt hatten. Diesmal sollte die Strafaktion einen symbolischen Charakter bekommen. Außerdem wurden uns die Standardvergeltungsschläge in Form von Prügel langsam zu eintönig. Wir maskierten uns, lauerten dem armen Kerl im Park auf, wo er sich nach Sonnenuntergang immer mit seiner Freundin traf, überwältigten ihn in einem günstigen Moment, als es niemand mitbekam, und fesselten ihn mit mehreren Springseilen, die wir zuvor aus der Turnhalle entwendet hatten und die für diesen Zweck wie gemacht zu sein schienen. Dann zogen wir ihn aus, und zwar ganz, und banden ihn mit einem weiteren Springseil an einen Baum. Martin hatte ihm gleich zu Anfang einen Streifen Krepppapier auf den Mund geklebt, sodass dem Jungen überhaupt keine Zeit geblieben war, um Hilfe zu rufen. Nachdem wir ihn splitterfasernackt an den Baum gefesselt hatten, hielt ich ihm mein Messer an die Kehle und zischte: »Kein Laut!« Dann riss ich ihm das Papier vom Mund. »Maul auf!« Er tat, wie ihm geheißen. Patrick stopfte ihm einen dicken Batzen feuchter Erde in den Mund. »Und schön drin behalten«, schnauzte ich. Dann verklebten wir seinen Mund abermals und hängten ihm zu guter Letzt ein Schild um den Hals, auf das wir in großen Druckbuchstaben geschrieben hatten: »Ich bin eine Dreckschleuder.« Damit war die Demütigung perfekt. »Denk dran: Wenn du irgendjemandem davon erzählst …« Ich fuhr mit meinem Messer seinen Hals entlang. Dann trollten wir uns.

Der Junge wurde am nächsten Morgen gefunden. Er war etwas unterkühlt, nicht besonders schlimm, immerhin war es erst Anfang Herbst. Es gab einen riesigen Aufruhr. Die Eltern des Jungen kamen und erstatteten bei der Polizei Anzeige gegen unbekannt. Aber gegen die Friedensstifter wurde kein Verdacht laut, und wenn es so gewesen wäre, so hätten sich zweifellos eine ganze Menge Leute gefunden, die Martin, Phillip, Patrick und mir ein Alibi verschafft hätten.

In den nächsten Monaten fing ich an, für einen Führerschein und einen fahrbaren Untersatz zu sparen. Ich rechnete mit einer hohen Summe an Geburtstagsgeld, außerdem besaß ich ein Sparbuch mit weit über eintausend Euro, auf das ich jeden Monat den größten Teil meines Taschengeldes und die Einnahmen, die mir aus den Drogenverkäufen zustanden, einzahlte. Ich verfluchte meine Eltern dafür, dass sie mir das Taschengeld gekürzt hatten. Ansonsten wäre eigentlich alles gar nicht so schlimm gewesen, wenn da nicht diese furchtbaren Alpträume gewesen wären, die mich Nacht für Nacht heimsuchten. Ich hatte gedacht, sie würden mit der Zeit abnehmen, doch das taten sie nicht. Im Gegenteil. Es war immer derselbe Traum, der mich jede Nacht schweißgebadet hochschrecken ließ. Ich träumte, ich stünde in einer dunklen Kammer. Es war nicht besonders hell und alles, was ich erkennen konnte, war, dass etwa einen Meter vor mir ein Mann auf einem Stuhl saß. Der Mann war an Händen und Füßen gefesselt und auf dem Stuhl festgebunden. Er war nicht geknebelt und wimmerte die ganze Zeit vor sich hin. Besser gesagt, er flehte. Er bettelte um sein Leben. In seinem Gesicht stand die pure Todesangst und mit seinen weit aufgerissenen Augen starrte er mich unentwegt an. Je mehr Zeit verstrich, desto eindringlicher und erbärmlicher wimmerte er, und je lauter und eindringlicher er wimmerte, desto gereizter wurde ich. Etwa zu diesem Zeitpunkt fiel mir jedes Mal die Pistole in meiner Hand auf. Unwillkürlich und wie in Zeitlupe begann ich die schwere Schusswaffe zu heben und sie auf die Stirn des Mannes zu richten. Dieser jammerte nun so ohrenbetäubend und verzweifelt flehentlich, dass es fast in den Ohren wehtat. Dadurch wurde ich nur noch gereizter. Ich entsicherte die Waffe und fragte mich gleichzeitig, warum ich das tat. Doch das Jammern des Mannes war nun unerträglich geworden und ich wusste, aus irgendeinem Grund konnte ich nicht mehr anders, als ihn zu erschießen. Mit einer Welle des Hasses, die mich selbst im Schlaf vor mir selber erschaudern ließ, drückte ich ab und noch im selben Moment bereute ich diese Tat. Ich bereute sie so sehr wie nichts zuvor in meinem Leben. Und während ich mich fieberhaft fragte, warum ich das getan hatte, wurde mir klar, dass es nun zu spät war. Der Kopf des Mannes hing nun völlig kraftlos herunter und übers Gesicht rann ein dunkler Streifen roten Blutes. Auf einmal wurde ich traurig. Unendlich traurig. Ich glaubte, meine Schuldgefühle würden mich zerfressen, so sehr brannte das schlechte Gewissen in meiner Brust. Der Schmerz war unerträglich. Und mir wurde übel und schwindelig vor lauter Ekel vor mir selbst. Ich verlor die Orientierung, taumelte und erwachte kerzengerade, völlig orientierungslos, schweißgebadet und mit rasendem Puls in meinem Bett. Der Puls normalisierte sich nach einer Weile und auch das Schwindelgefühl verschwand. Das Gefühl des Ekels jedoch blieb und dauerte oft fast den ganzen Tag an.

Ende Oktober begann ich mit den Fahrstunden für den Pkw-Führerschein. Meine Eltern hatten mir eröffnet, der Führerschein sei mein Geschenk zum achtzehnten Geburtstag. So musste ich mir nicht mehr den Kopf darüber zerbrechen, wie ich genug Geld dafür zusammenbekommen sollte.

Mitte November wurde Patrick achtzehn Jahre alt. Anlässlich dieses Ereignisses plante er eine große Feier im Haus seiner Eltern. Diese waren für das betreffende Wochenende in einen Kurzurlaub aufgebrochen und hatten, offenbar voll des unerschütterlichen Vertrauens, ihrem Sohn das Haus überlassen. Eine Tatsache, die ich, aus dem Gesichtspunkt der Eltern, äußerst beachtlich fand, wenn man bedachte, dass Patrick erst volljährig wurde und bereits ein uneheliches Kind in die Welt gesetzt hatte, für das er Alimente bezahlen durfte.

Da ich mir in den letzten Monaten nichts zuschulden hatte kommen lassen, gestatteten mir meine Eltern, das Wochenende bei Patrick zu verbringen. Der Geburtstag war an einem Samstag, doch Patrick hatte sich vorgenommen reinzufeiern. Natürlich waren auch Martin und Phillip sowie Alexander und Oliver dort. Sogar Olga war eingeladen und sie kam ebenfalls. Es war die mit Abstand beste Party, auf der ich jemals gewesen bin, und vermutlich wird sie das auch immer bleiben. Wie schon gesagt wollte Patrick in seinen Geburtstag hineinfeiern und so stürzten wir uns am Freitagabend, nachdem wir uns einige Fertigpizzen reingeschoben hatten, ins Getümmel und machten die Kneipen, Clubs und Discotheken unsicher. Bereits als wir aufbrachen, war die Stimmung ausgelassen und wir kamen erst zwischen sechs und sieben Uhr am nächsten Morgen nach Hause. Wir fielen vollkommen erschöpft in die Betten und schliefen bis zum Nachmittag. Wir kamen während des Frühstücks, das aus Cola und Chips bestand, einigermaßen zu uns und entspannten anschließend bei einigen Videospielen. Abends kamen Patricks restliche Gäste aus der Nachbarschaft. Alles in allem waren wir letztendlich an die fünfzehn, sechzehn Mann. Als alle da waren, gingen wir in den Hobbykeller, den sich Patricks Eltern vor einigen Jahren eingerichtet hatten. Dort gab es einen Billardtisch und eine Theke sowie den größten Vorrat an Spirituosen, den ich jemals gesehen hatte. Außerdem stand dort unten eine riesige Musikanlage, die ununterbrochen lief. Wenn ich mich heute an die Titel erinnere, die wir an diesem Abend hörten, so wird mir schwer ums Herz. Als die Gesellschaft nach einer Weile etwas lockerer geworden war, begaben sich die meisten von uns in den Nebenraum zu einer Partie Poker. Doch bereits zu Beginn der zweiten Runde hatte fast jeder einen Joint im Mundwinkel, ein Mädchen auf dem Schoß oder wenigstens ein Bierglas neben sich. Je später der Abend wurde, desto mehr löste sich die Gesellschaft in mehrere kleine Grüppchen auf, die sich allmählich im ganzen Haus verteilten. Irgendwann begannen Olga, Phillip, Alex und ich eine Partie Billard, doch wir waren bereits so angeheitert, dass wir kaum eine Kugel einlochten. Es war der geilste Abend meines Lebens. Wir lachten und tranken und waren einfach nur glücklich. Später saßen wir alle auf der Terrasse, betrunken, bekifft oder beides, jeder ein Mädchen im Arm, und starrten zum sternenübersäten Himmel empor. Wir versuchten die Sternbilder zu erkennen oder die Entfernungen von den Sternen zur Erde zu schätzen.

Am frühen Nachmittag erwachte ich, Olga im Arm, mit dem schlimmsten Kater meines Lebens. Aber da es den meisten anderen genauso ging, war dies schon fast wieder so etwas wie ein gemeinsames Erlebnis. Überall auf Sesseln, Sofas oder dem Teppich lümmelten Leute herum, von denen ich mir im ersten Moment nicht sicher war, ob ich mich daran erinnern konnte, sie am Vorabend gesehen zu haben.

An meinem achtzehnten Geburtstag legte ich mir ein Auto zu. Es war natürlich ein gebrauchtes. Das Geld, das ich gespart hatte, plus das Geld, das mir an meinem Geburtstag geschenkt worden war, reichte gerade so aus. Onkel, Tanten und Großeltern waren äußerst großzügig gewesen und so konnte ich mir sogar ein Auto leisten, das mir recht gut gefiel. Ich wusste von Anfang an, es musste etwas Sportliches sein; ein Wagen, der zu mir passte. Kurz gesagt, ein knallrotes Mazda-MX5-Cabriolet. Ich war sogar durch viel Geschick in der Lage gewesen, den Preis des Wagens etwas runterzuhandeln, wobei ich mich vorher von meinem Vater über die beste Verhandlungstaktik aufklären ließ. Denn wenn jemand etwas von diesen Dingen verstand, dann war das mein Vater. Ich war so stolz wie noch nie zuvor auf etwas, das ich besessen hatte. Ich pflegte den Wagen mit akribischer Gründlichkeit und wusch ihn einmal die Woche per Hand. Ich kaufte die teuerste Politur und nachdem ich fertig war, konnte man sich in der Motorhaube spiegeln und der Wagen sah aus wie neu.

Doch auch mein neues Hobby war nicht in der Lage, mir über meine horrorartigen Alpträume hinwegzuhelfen. Ich sprach nicht darüber. Mit wem hätte ich auch darüber reden sollen? Außerdem konnte ich es irgendwie nicht. Ein instinktives Gefühl sagte mir, es sei für mich selbst das Beste, so wenig wie möglich darüber nachzudenken.

Ende Mai war ich mal wieder im »Stanis«, um die nächste Lieferung zu besorgen. Stani war in den letzten Monaten immer sehr freundlich zu mir gewesen, das kam wohl auch daher, weil ich mit seiner Nichte zusammen war. Aber an diesem Tag war er irgendwie schlecht gelaunt, auch wenn er versuchte, sich nichts anmerken zu lassen. Er begann mit den Worten: »Weißt du, dass Olga dich sehr, sehr gern hat, Mark?« »Ich glaube schon.« »Das kannst du auch ruhig glauben. Sie versichert es mir am laufenden Band. Sie schwärmt ständig von dir. Wie lange seid ihr jetzt zusammen?« »Fast eineinhalb Jahre.« »Das ist eine lange Zeit.« Er machte eine kurze Pause. »Mark, ich weiß, du bist ein guter Junge. Es gibt nicht viele Männer, denen ich meine Nichte anvertrauen würde. Aber ich habe das Gefühl und sie hat dieses Gefühl offenbar auch, dass sie bei dir in sicheren Händen ist. Ich vertraue dir, weißt du?« Er machte eine Pause. »Und ich glaube auch nicht, dass du versuchen würdest, mich in irgendeiner Form zu hintergehen. Ich meine geschäftlich.« Langsam bekam ich Angst. »Nein, das würde ich bestimmt nicht«, versicherte ich ihm. Er nickte. »Aber irgendjemand tut es. Ich wollte zuerst nichts sagen, weil ich dachte, vielleicht kommt der Rest ja später, aber als du die letzten beiden Male hier gewesen bist, um den neuen Stoff abzuholen und mir eure Einnahmen zu bringen, da musste ich bemerken, dass mehrere hundert Euro fehlten.« Er sah mich prüfend an. Ich war verwirrt. »Das ist unmöglich. Außer uns vieren kommt niemand an das Geld heran.« Er blickte mir weiterhin scharf in die Augen. »Und welchen Schluss ziehst du daraus?« »Ich würde für jeden der Jungs meine Hand ins Feuer legen«, sagte ich fest. »Bist du sicher? Denn einer von euch muss es gewesen sein. Und ich hoffe inständig, dass du es nicht warst. Du weißt, dass ich euch damals gesagt habe, was mit Leuten geschieht, die versuchen, mich zu bescheißen, Mark.« Einen Moment lang kam mir der Gedanke, Stani wollte mich möglicherweise nur auf die Probe stellen oder mir einen Bären aufbinden, doch nachdem ich ihm schweigend in seine stechenden Augen geblickt hatte, meinte er: »Ich will mein Geld! Finde heraus, wer es war! Und sorge auch in seinem Interesse dafür, dass so etwas nie wieder vorkommt.« Spätestens jetzt war mir klar, dass dieser Mann ganz und gar nicht zu scherzen beliebte. Offenbar beflügelte die Angst davor, den Schuldigen nicht finden zu können, und die Angst vor Stanis damit verbundenem Vergeltungsschlag meine Kombinationsfähigkeit. Denn schlagartig kam mir ein Gedanke, so klar und nahe liegend, Irrtum ausgeschlossen, dass ich mit einer Selbstsicherheit, die Stani, aber auch mich selbst überraschte, aufsprang und meinte: »Ich weiß, wer es war. Keine Sorge. Du bekommst dein Geld schon bald zurück.«

Ich verfluchte mich und meine Dummheit und Naivität. Aber vor allem verfluchte ich Phillip. Dieser Depp hatte mich reingelegt. Es musste Phillip gewesen sein. Eine andere Möglichkeit gab es nicht. Ich konnte mir schon denken, wie die Sache gelaufen war. Er hatte das Koksen nicht sein lassen können, hatte anfangs noch versucht, den Stoff, den er unserem Vorrat entnahm, mit seinem eigenen Geld zu bezahlen, sodass es niemand merkte, war dann aber über die Monate immer abhängiger geworden, hatte immer mehr von dem Zeug gebraucht und war bald pleite gewesen. Also musste er sich das Zeug nehmen, ohne dass er dafür bezahlen konnte. Klar, dass es Stani irgendwann auffallen musste. Der achtete auf sein Geld.

Ich Idiot hatte Phillip geglaubt, als er mir versicherte, er könne damit aufhören. Wie dumm konnte ein einzelner Mensch eigentlich sein. Ich hätte mir in den Arsch beißen können. Ich stürmte aus dem »Stanis«, sprang in meinen Mazda und brauste los in Richtung Internat. Jetzt ging es nicht mehr anders. Phillip brauchte unbedingt Hilfe. Professionelle Hilfe. Eine Drogenentziehungskur oder so etwas. Fuck! Damit würde alles auffliegen. Scheiße noch mal! Aber das ging eben nicht anders. Ich konnte ja schlecht wissentlich dabei zusehen, wie sich einer meiner Freunde allmählich ins Jenseits schniefte. Ich machte mir jetzt schon große Vorwürfe. Auf der Fahrt ins Internat fragte ich mich immer wieder, wie ich so dumm gewesen sein konnte, Phillip zu glauben. War es doch klar, dass er sein Versprechen nicht halten konnte, selbst wenn er wollte. Dafür war er zu diesem Zeitpunkt bereits viel zu abhängig gewesen. Und ich hatte es sogar gewusst. Er hatte es ja indirekt angedeutet. Es lief mir kalt den Rücken runter, wenn ich daran dachte, dass es Phillip vollkommen klar gewesen sein musste, dass man sein Treiben entdecken würde, sobald seine Geldreserven aufgebraucht waren. Und er hatte es dennoch getan. Weil ihm kaum eine andere Wahl geblieben war. Fünfunddreißig Minuten später hielt ich auf dem Parkplatz des Internatsgeländes und sprang aus dem Wagen. Von den Wohngebäuden her kam mir ein Krankenwagen mit Sirene und Blaulicht entgegen und brauste an mir vorbei. Als ich schnellen Schrittes auf unser Wohnhaus zulief, erkannte ich Oliver und Alexander, die vor der Eingangstür standen. Sie sahen betreten aus. Ich trat an sie heran. »Was ist denn passiert? Ich habe den Krankenwagen gesehen.« »Das war Phillip«, meinte Oliver knapp. »Er hat sich 'ne Überdosis von irgendwas reingezogen«, ergänzte Alex. »Koks oder so.« Diese Antwort war für mich wie ein anklagender Schlag ins Gesicht. Monatelang hatte ich nichts unternommen und jetzt war ich möglicherweise nur wenige Minuten zu spät gekommen. »Martin ist mitgefahren. Das Ganze muss für ihn total furchtbar sein«, sagte Oliver. »Hast du was davon gewusst?«, fragte mich Alex plötzlich. »Wovon?« »Na, dass er so was nimmt.« Ich sah ihn an. Sollte ich meine Schuld eingestehen? Mein Versagen als Freund? Ich schüttelte langsam den Kopf. »Und wie sieht's aus?« »Keine Ahnung. Als Martin ihn fand, lag er bewusstlos auf dem Boden. Martin hat sofort die Betreuer benachrichtigt und die haben umgehend einen Krankenwagen gerufen.« »Patrick wollte auch mit. Aber er wird gerade vom Direktor und der Internatsleitung befragt. Ob er was gewusst hat und vielleicht auch so'n Scheiß nimmt und so.« Ich wandte mich zum Gehen. »Kommt mit. Wir fahren auch hin.« »Ins Krankenhaus?« »Ja klar, wohin denn sonst?«, meinte ich knapp und stiefelte los. »Aber wir sind doch gar nicht abgemeldet«, wandte Alex ein. Ich erwiderte nur: »Scheiß drauf!«

Knapp zehn Minuten später waren wir im Krankenhaus. Wir hatten uns erkundigt, wo Phillip lag und hatten von einer Krankenschwester, die an der Anmeldung saß, die Auskunft erhalten, dass sich Phillip auf der Intensivstation befand. Offenbar hatte er eine äußerst lebensgefährliche Dosis zu sich genommen und war in einem sehr kritischen Zustand. Er war noch immer bewusstlos und die Ärzte versuchten, nach den Schilderungen der Krankenschwester zu urteilen, ihr aller Bestes, um seinen Zustand zu stabilisieren. Wir wurden auf die Intensivstation geführt und man bat uns, vor einem Raum mit der Nummer dreihundertzwanzig zu warten. Wir warteten fast eine halbe Stunde. Eine Ewigkeit, wie es mir vorkam. Dann öffnete sich der Raum mit der Nummer dreihundertzwanzig und

Martin trat heraus. Er war blasser als blass und seine Augen waren die leersten und ausdruckslosesten, in die ich jemals geblickt hatte. Phillip war tot.

In den ersten Monaten nach Phillips Ableben fiel Martin in eine Art Loch. Er bekam von der Internatsleitung ein Einzelzimmer zugewiesen, in das er sich oft stundenlang einschloss. Seine Gesichtszüge wirkten jedes Mal, wenn ich ihm begegnete, wie versteinert. Er war äußerst depressiv und sprach kaum ein Wort. Martin war das komplette Gegenteil von dem, was er früher gewesen war. Kein Funken Lebensfreude schien mehr von ihm auszugehen.

Die Sache mit Phillips Tod machte große Schlagzeilen. Alle Schüler wurden mehr oder weniger gründlich befragt. Ob jemandem etwas aufgefallen war, ob man von anderen Schülern wusste, die ebenfalls Drogen konsumierten, und so weiter. Natürlich war besonders die Elternschaft in großer Sorge, und diejenigen, die Phillip am nächsten gestanden hatten, wurden besonders in die Mangel genommen. Mit Ausnahme von Martin natürlich. Alle Schüler des Internats fühlten mehr oder weniger mit ihm mit. Und mir? Wie ging es mir? Ich hatte mich selten in meinem Leben so schlecht gefühlt. Bei der Beerdigung waren auch Patrick und ich zugegen. Martin liefen die ganze Zeit über stumme Tränen übers Gesicht und er biss die Zähne so fest aufeinander, dass sie knirschten. Seine Eltern jedoch waren, wenn das überhaupt möglich war, noch mehr am Boden zerstört. Ich habe nie wieder in meinem Leben so traurige und verzweifelte Menschen gesehen. Ausgerechnet Phillip, der von uns immer derjenige gewesen war, der bei unseren Aktionen die meisten Skrupel und die größten Bedenken gehabt hatte. Ich stand da und dachte die ganze

Zeit über nur daran, dass ich all dieses Leid hätte verhindern können. Wenige Wochen vor den Sommerferien kam Martin zu mir. Er sagte nicht viel, betrat einfach nur mein Zimmer und meinte ohne Einleitung: »Ich kann das nicht mehr. Diese ganze Scheiße. Ich bin da raus. Sag das dem Russen.« Er sagte das nicht wütend. Eher ruhig, fast leise. Dabei wirkte er jedoch furchtbar ermüdet und zutiefst verbittert. Ich nickte nur und sagte: »Klar, mach ich.«

14. Kapitel

Auch Patrick und ich wollten uns dazu entschließen, das Dealen aufzugeben. Nach dem, was geschehen war, würde Stani das sicher verstehen. Meine Beziehung zu Olga würde darunter wohl kaum leiden, so lange, wie wir jetzt bereits zusammen waren. Dennoch wollte ich zuerst mit ihr darüber sprechen, bevor ich Stani unseren Entschluss mitteilte. Ich lud sie zu einem romantischen Abendessen bei Kerzenschein ein und nachdem wir zu Ende diniert hatten, sah ich ihr tief in die Augen und sagte: »Weißt du eigentlich, dass du für mich der wichtigste Mensch auf der Welt bist?« Sie wurde rot und lächelte. Dann ergriff sie meine Hand. Ich fuhr fort: »Ich würde es nicht ertragen, dich zu verlieren.« Sie unterbrach mich: »Hey, das wirst du nicht.« »Ich hab mit dir eigentlich nie darüber gesprochen, was ich für deinen Onkel verkaufe, und ich weiß gar nicht, ob du überhaupt Bescheid weißt, aber diese Sache hat, zumindest indirekt, einem meiner Freunde das Leben gekostet.« Sie wusste natürlich, dass Phillip tot war, und sie wusste auch, dass er an einer Überdosis Kokain gestorben war. Von den näheren Umständen hatte ich ihr jedoch nicht berichtet. »Die Sache ist die, dass ich gewusst habe, dass er dieses Zeug nimmt. Ich hab es jedoch niemandem gesagt und auch nichts dagegen unternommen.« Es war, als würde mir eine zentnerschwere Last von der Brust fallen. Vor Erleichterung traten mir Tränen in die Augen und ich hoffte, sie würde mir gleich sagen, dass es nicht meine Schuld gewesen war. Dass ich nichts hatte tun können, dass sie mir indirekt die Absolution erteilen würde, auch wenn ich natürlich wusste, dass sie das nicht konnte. Doch sie sagte nichts. Sie sah mich einfach nur an und drückte meine Hand fester. »Ich kann aber nicht weitermachen wie bisher. Nach dieser Sache kann ich unmöglich weiter dieser Arbeit nachgehen. Und das bedeutet, ich werde nicht länger für Stani arbeiten.« Ich sah sie prüfend an. »Aber das verstehe ich doch. Glaubst du denn, dass das etwas zwischen uns ändern wird?« Eine Woge der Erleichterung machte sich in mir breit.

Als ich Stani unseren Entschluss mitteilte und versuchte ihm deutlich zu machen, dass es unter den gegebenen Umständen für uns untragbar war, weiterhin mit Kokain zu handeln, reagierte er darauf nicht gerade glücklich. Das konnte ich ihm zumindest ansehen, auch wenn er meinte: »Das verstehe ich natürlich, Mark. Ihr seid selbstverständlich nicht dazu verpflichtet, weiter für mich zu arbeiten. Aber du musst mich auch verstehen. Ich habe viel Geld durch diese ganze Sache verloren. Das Geld ist fort und ich will es auch nicht von euch oder Martin wiederhaben. Der hat gerade vermutlich andere Probleme. Auch wenn ich durchaus der Meinung bin, ihr hättet ruhig ein bisschen mehr aufeinander Acht geben können. Wie dem auch sei. Du bist noch im Besitz von Stoff, der mehrere tausend Euro wert ist. Ich nehme an, ihr habt davon noch nichts verkauft. Das Zeug liegt vermutlich einfach bei euch auf dem Internat rum.« »Ich bring' es dir natürlich zurück«, meinte ich sofort. »Nein, nein, nein, nein! Das will ich ja gar nicht. Was denkst du denn, was ich damit anfangen soll? Immerhin dauert es eine Weile, bis ich Ersatz für euch gefunden habe. Ich kann mich ja schlecht selber auf die Straße stellen und das Zeug verkaufen. Nicht wahr? Ich werde durch euer

Ausscheiden ohnehin schon Verluste erleiden. Ich möchte, dass ihr diesen Stoff noch für mich loswerdet. Ich denke, das ist nicht zu viel verlangt. In der Zwischenzeit werde ich jemanden auftreiben, der euren Job übernimmt. Bis dahin werdet ihr den Rest noch für mich los.« Ich hätte nein sagen können. Ich hätte ihm sagen können, dass ich das nicht wollte, dass wir genug um die Ohren hatten. Aber das tat ich nicht. Ich hatte immer noch einen großen Respekt vor diesem Mann und ich wusste nicht, was er unternehmen würde, wenn ich mich weigerte. »Von mir aus mach das mit Patrick alleine und lass den Martin da raus. Aber diesen einen Gefallen tust du mir noch!« Dieser fordernde Ton machte mich wütend. Doch ich sagte: »Einverstanden.« Ohne eine Floskel der Verabschiedung wandte ich mich zum Gehen. »Ach, Mark!« Ich blickte zurück. »Ich hoffe, ihr denkt nicht daran, wieder eure Cannabisprodukte in der Stadt zu verkaufen. Wir wollen doch nicht die gleiche Situation heraufbeschwören wie vor ein paar Jahren.« Ich drehte mich um und ging.

Also vertickten Patrick und ich den restlichen Stoff. Aber wir ließen uns Zeit damit. Und wir waren sehr vorsichtig. Hatten wir doch keine Lust darauf, noch bei unserem letzten Job von der Polizei erwischt zu werden.

In dieser Zeit begann ein eher ruhiger Abschnitt meines Lebens. Ich dachte viel nach, über alles Mögliche, besann mich auf die Leute, die mir wichtig waren, in erster Linie war das Olga, und auf die wichtigen Dinge im Leben.

Ich sprach mit Olga auch über meine Alpträume, die sich seit Phillips Tod noch verschlimmert und nun eine andere Form angenommen hatten. Aber auch wenn die Tatsache, dass ich mit jemandem darüber sprach, und Olgas große Einfühlsamkeit und ihr Verständnis eine Erleichterung darstellten, konnte dies dennoch nicht verhindern, dass ich vor lauter Unruhe nur wenige Stunden am Tag schlief. Das war Gott sei Dank ein nicht allzu schlimmes Problem, solange noch Ferien waren, doch als die Schule wieder begann, wurde dies zu einem echten Problem. Olga riet mir, mal mit einem Profi darüber zu reden, mit einem Psychotherapeuten oder so was in der Art, und möglicherweise eine Therapie zu machen. Eigentlich erschien mir dieser Vorschlag sogar ganz vernünftig. Zumal ich wusste, dass diese Personen unter ärztlicher Schweigepflicht stehen. Jedoch war ich mir nicht sicher, ob sich ein Psychologe auch daran halten würde, wenn er erfuhr, dass sein Klient einen anderen Menschen erschossen hatte. So entschloss ich mich dazu, es bleiben zu lassen. Also ging ich eines Tages in die Apotheke und verlangte ein Mittel gegen Schlaflosigkeit. Die Apothekerin drehte mir Baldriantropfen an, die mir aber nicht halfen. Also ging ich noch einmal hin und besorgte mir Tabletten. Diese Tabletten waren richtige Chemiekeulen und man warnte mich davor, sie zu oft einzunehmen, da bei häufiger Einnahme das Risiko einer Abhängigkeit bestehe. Doch das war mir in erster Linie egal. Ich schlief das erste Mal seit langer Zeit wieder richtig durch und auch die Alpträume waren nicht mehr ganz so intensiv.

Am letzten Wochenende vor den Ferien teilte ich meinen Eltern mit, dass ich beabsichtigte, für ein Wochenende an die Ostsee zu fahren. »Mit wem?«, wollte meine Mutter wissen. Ich hatte geplant diesen Trip mit Olga zu unternehmen. Meine Eltern wussten, dass ich seit geraumer Zeit eine Freundin hatte, wussten auch, wie alt sie war, hatten sie jedoch noch nie zu Gesicht bekommen und wussten auch nicht, wie sie hieß. »Mit meiner Freundin«, entgegnete ich knapp. »Meinst du nicht«, sagte mein Vater, »dass es langsam mal Zeit wird, uns mit diesem Mädchen bekannt zu machen?« Was sollte ich da sagen? Ich hatte keine große Lust darauf, ein Treffen zwischen Olga, mir und meinen Eltern zu arrangieren, war jedoch auf eine finanzielle Unterstützung angewiesen, wenn ich ein Wochenende an der Ostsee verbringen wollte, die mir meine Eltern sicher gewähren würden. »Bring sie doch mal mit«, meinte meine Mutter. »Wie heißt sie eigentlich?«, wollte mein Vater wissen. »Olga.« Er wirkte skeptisch. »Klingt irgendwie osteuropäisch. Ist sie Polin oder so?« »Ihr Onkel stammt aus Russland.« »Macht sie ebenfalls Abitur?« »Nein.« Ich hatte keine Lust, meinen Eltern nähere Details zu verraten, wusste auch nicht recht, wie ich ihnen erklären sollte, dass Olga ihren Lebensunterhalt mit exotischen Tänzen bestritt. Sicher wären sie davon nicht besonders angetan gewesen. Sollten sie sie doch selber fragen. Außerdem rechnete ich damit, dass Olga durch ihr gutes Aussehen bei meinen Eltern einen Bonuspunkt erhalten würde, den sie brauchen konnte, wenn sie ihnen von ihrer Tätigkeit berichtete. Und schließlich musste ja noch genügend Gesprächsstoff für den Smalltalk übrig bleiben. »Was macht sie denn dann?« Mein Vater blieb beharrlich. »Frag sie das am besten selbst«, war meine Antwort. »Ich bring' sie nächstes Wochenende mal mit.«

Am nächsten Freitag aß Olga mit mir und meinen Eltern zu Abend. Dies war für mich ein denkwürdiges Ereignis, doch Olga war wesentlich nervöser als ich. Davon war ihr während des Essens jedoch so gut wie nichts anzumerken. Sie trug ein vornehmes Abendkleid, nicht zu sexy, und hatte sich ganz offensichtlich eine Menge Mühe gemacht, ihre Haare zu stylen. Außerdem war es das erste Mal, dass ich sie mit Ohrringen sah. Nein, stimmt nicht ganz. Ich glaube, bei Stanis Geburtstagsfeier trug sie auch welche. Jedenfalls traf sie genau den Geschmack meiner Eltern. Irgendwann, ich glaube, es war beim Dessert, kamen meine Eltern auf das Thema Urlaub. »Mark hat uns erzählt, dass Sie zusammen für ein Wochenende an die Ostsee fahren wollen«, meinte meine Mutter im Plauderton. »Ja, das stimmt«, entgegnete Olga, die im Verlauf des Essens etwas lockerer geworden war. »Ich muss zugeben, das Ganze war meine Idee«, antwortete sie wahrheitsgemäß. »Ich dachte, das wäre langsam mal Zeit, wo wir doch schon eineinhalb Jahre zusammen sind.« »Sagen Sie, Olga, ist es zu indiskret«, begann mein Vater, »wenn ich Sie frage, was Sie beruflich machen?« »Oh, nein. Keineswegs. Ich bin Tänzerin.« »Und wo tanzen Sie?« »Im Nachtclub meines Onkels.« Mein Vater sah sie einen Moment lang an, als meinte er, sich verhört zu haben. Dann nickte er langsam, was so viel heißen sollte wie: Aha. Von diesem Moment an wurde im weiteren Verlauf des Abends nicht mehr ganz so viel gesprochen. Eine knappe Stunde später fuhr ich Olga nach Hause. Wir sprachen nicht viel über den Abend. Doch natürlich hatte sie die zurückhaltende Reaktion meiner Eltern bemerkt.

Ende Juli fuhren wir für ein Wochenende an die Ostsee. Es war das schönste Wochenende meines Lebens. Wir waren ganz für uns allein. Wir hatten uns ein Ferienhäuschen gemietet. Abends saßen wir in eine Decke gehüllt vor dem prasselnden Kaminfeuer, nachdem wir uns am Strand im Sonnenuntergang geliebt hatten.

Als wir wieder zurück waren, nahmen mich meine Eltern ins Gebet. Sie rieten mir, meine Beziehung zu Olga zu überdenken und eventuell darüber nachzudenken, ob es nicht sinnvoller wäre, mir ein anderes Mädchen zu suchen. »Sieh mal«, meinte mein Vater, »du musst auch den Altersunterschied bedenken. Immerhin ist sie drei Jahre älter als du. Ganz davon abgesehen, dass sie offenbar einen Beruf ausübt, der mir doch recht fragwürdig erscheint. Sie ist zweifelsohne ein nettes Mädchen und sehr hübsch, aber doch sicher nicht ganz auf deinem Niveau. Bedenke nur, in welchen Kreisen sie vermutlich verkehrt.« »Ich weiß sehr genau, in welchen Kreisen sie verkehrt, Vater«, sagte ich gereizt. »Schau mal! Ich sage das doch ganz ohne Voreingenommenheit gegenüber solchen Berufsgruppen. Aber dir als jemand, der nächstes Jahr sein Abitur macht, und zwar ein recht gutes, wie es im Moment ja aussieht, stehen doch ganz andere Türen offen. Außerdem wird es dir sehr schwer fallen, dich mit einer solchen Frau, gesetzt den Fall, ihr heiratet eines Tages, in gewissen gesellschaftlichen Kreisen zu etablieren. Mal ganz davon abgesehen, dass sie es bei ihrem Beruf wohl mit der Treue vermutlich auch nicht so genau nimmt.« »Sie ist keine Hure, wenn du das meinst!« »Das habe ich ja auch gar nicht sagen wollen«, meinte mein Vater beschwichtigend. »Gott bewahre! Aber was nutzt es dir, wenn ihr eines Tages Kinder bekommt, und du weißt nicht einmal, ob sie von dir sind. Ich möchte dir aus jahrzehntelanger Lebenserfahrung raten, suche dir eine Frau mit Niveau, mit der du dich in der Öffentlichkeit auch eines Tages sehen lassen kannst. Verbaue dir nicht deine Zukunft wegen einer Jugendschwärmerei. Du wirst es später bereuen. Glaube mir. Im Übrigen wäre mir als deinem Vater äußerst unwohl, einen Sohn zu unterstützen, der sein Leben so mir nichts, dir nichts wegwirft.«

Nach diesem Gespräch wusste ich, woran ich war. Ich war über alle Maßen enttäuscht. Mein Vater hatte mir durch die Blume gesagt, er würde mich auf meinem weiteren Lebensweg nur unterstützen, wenn ich mit einer Frau zusammen war, die er für gut erachtete. So zog ich meine Konsequenzen.

Als die Schule wieder angefangen hatte, fuhr ich nicht mehr nach Hause. Entweder ich blieb am Wochenende im Internat oder ich wohnte bei Olga. Und ehrlich gesagt ging es mir gut dabei.

Von Martin hatte ich die Ferien über gar nichts gehört. Aber als wir uns das erste Mal wieder sahen, hatte ich den Eindruck, als ginge es ihm ein wenig besser. Zumindest sprach er wieder häufiger. Mit dem Kiffen hatte er ganz aufgehört. »Dadurch geht es mir nur noch schlechter«, hatte er gesagt. Da er mit dem Anbauen sowieso aufgehört hatte, taten Patrick und ich es ihm gleich.

Ende September hatten Patrick und ich den ganzen restlichen Stoff verkauft. Jetzt konnte mir Stani den Buckel runterrutschen, und niemand konnte beim Durchsuchen meines Zimmers etwas finden, was mich hätte ins Gefängnis bringen können. Am Wochenende fuhr ich meistens zu Olga. Meine Eltern hatten sich damit abgefunden, dass ich nicht mehr nach Hause kommen wollte, auch wenn sie es bedauerten. Eigentlich war alles ganz ruhig. Man könnte auch sagen, es war die Ruhe vor dem Sturm. Eines Abends im Oktober eröffnete mir Olga: »Ich weiß jetzt, was ich mit meinem restlichen Leben anfangen will.« »Was denn?« Ich war überrascht. Ich hatte nicht angenommen, dass sie mit ihrem derzeitigen Job unzufrieden war oder dass sie sich nach einer neuen Tätigkeit sehnte. »Gefällt dir dein jetziger Beruf denn nicht mehr?« »Doch, es macht schon noch Spaß. Aber ein richtiger Beruf ist das ja eigentlich nicht in meinen Augen. Und besonders viel Geld verdiene ich auch nicht damit. Stani zahlt einen großen Teil meiner Wohnung.« »Und was willst du machen?« »Ich will Model werden.« Sie lächelte glücklich. Irgendwie hatte mich diese Antwort nicht besonders überrascht. »Ich hab mich bereits bei einigen Modelagenturen beworben. Meinst du, ich hab das Zeug dazu?« »Das Zeug dazu hast du sicher. Aber pass auf, wo du dich bewirbst. Viele dieser Agenturen sind nicht besonders seriös und ziehen die Leute nur über den Tisch.« »Ja, ja. Ich weiß. Darauf achte ich schon. Ich hab mich nur bei Agenturen beworben, die absolut seriös sind. Bis Anfang nächsten Jahres krieg' ich Bescheid, ob es was geworden ist. Und wenn ja, dann laden sie mich zu einem Probeshooting ein.«

Während Olga ihre Modelkarriere plante, strampelte ich mich in der Schule für jeden verdammten Punkt ab, den ich kriegen konnte. Ich schwitzte stundenlang über Aufsätzen und Hausarbeiten und paukte wie ein Besessener. Die Tatsache, dass ich in Mathematik und Geografie diesen Sommer Prüfungen schreiben musste, machte die Sache nur noch schlimmer, denn die Prüfungen wurden von mehreren Lehrern kontrolliert, und so konnte ich mich nicht darauf verlassen, dass Karstensen die Sache schon richten würde. Um mir dies mitzuteilen, zitierte er mich sogar extra in sein Büro. Zweifellos hatte er Angst, ich würde mich nur auf ihn verlassen und aus Ärger über eine schlechte Prüfungsnote die vernichtenden Fotos publizieren. Also musste ich auch für diese beiden Fächer lernen. Außerdem musste ich anfangen darüber nachzudenken, was ich nach dem Abitur machen wollte. Es war für mich klar, dass ich studieren wollte. Die Frage war nur was. Ich besorgte mir umfangreiches Informationsmaterial über verschiedene Universitäten im ganzen Land, darüber, was ich dort studieren konnte und welchen Durchschnitt ich dafür brauchte. Das war eine Sache, die ungeheuer viel Zeit in Anspruch nahm, denn ich wollte auf keinen Fall anfangen zu studieren, um zu merken, dass ich eine Richtung gewählt hatte, die mir nicht lag. Doch nach einigen Monaten reiflicher Überlegung und meinem Halbjahreszeugnis, das äußerst befriedigend ausgefallen war, hatte ich mich dazu durchgerungen, mich für ein Studium der Rechtswissenschaften an der Universität von Marburg zu bewerben. Patrick hatte sich für Betriebswirtschaft entschieden. Martin befand sich immer noch ziemlich neben der Spur. Er war vollkommen unentschlossen und stellte alles in Frage. Er dachte darüber nach, die dreizehnte Klasse zu wiederholen. An einem Novemberabend war er zu mir ins Zimmer gekommen. Er hatte ausgesehen, als ob er kurz vorher geweint hätte, hatte sich neben mich aufs Bett gesetzt und ohne Einleitung angefangen: »Was haben wir getan, Mark? Was zum Teufel haben wir da getan?! All die jahrelangen Vorträge unserer Lehrer zum Thema Prävention zum Drogenmissbrauch. All die eindringlichen Appelle. Die Projekttage zum Thema Cannabis als Einstiegsdroge. Wo waren wir da?« Ich hatte dieses Argument immer übertrieben gefunden. Jeder wusste, dass es Zehntausende von Menschen in Deutschland gab, die kifften, nicht abhängig wurden und auch kein schlimmeres Zeug nahmen. Aber im Fall von Phillip hatte es leider gestimmt. Was sollte ich sagen? Ich sagte nichts. Stattdessen legte ich ihm hilflos eine Hand auf die Schulter. Wieder kamen die Schuldgefühle.

Im Januar hatte Olga eine Zusage von einer Modelagentur aus Berlin erhalten und war zu einem Probeshooting dorthin gefahren. »Sie wollen die Fotos auswerten und mir Bescheid geben, ob sie mich möglicherweise unter Vertrag nehmen.« Sie erzählte das so voller Begeisterung, dass ich gar nicht anders konnte, als mich für sie zu freuen. »Aber bist du sicher, dass die nicht einfach ein kostenloses Model für eine Session gesucht haben?« »Was willst du denn damit sagen?«, entgegnete sie etwas brüsk. »Du verdirbst mir ja die ganze Freude.« »Das wollte ich nicht. Ich will auch nicht sagen, dass du nicht gut genug bist. Denn wie du weißt, bin ich davon überzeugt, dass du sehr gut bist. Aber ich meine nur, du solltest nicht allzu enttäuscht sein, wenn du nie wieder etwas von ihnen hörst.« »Ich habe dir doch gesagt, ich hab mich nur bei seriösen Unternehmen beworben.« Sie wirkte jetzt ziemlich ärgerlich. »Ich geh jetzt ins Bett.« Mit diesen Worten stand sie auf und ging ins Schlafzimmer. Da ich so viel mit Lernen beschäftigt war, sahen wir uns oft nur noch am Wochenende. Aber vielleicht war das auch gar nicht so schlimm. So hockten wir nicht aufeinander und jeder hatte die Möglichkeit, uneingeschränkt seinen eigenen Dingen nachzugehen.

Olga war mir nicht lange böse, zumal sie schon Anfang März einen Vertrag zugesagt bekam. Sie schwebte auf einer Welle der Zufriedenheit und ich freute mich mit für sie. Doch:»Das bedeutet, wir werden uns nicht mehr ganz so oft sehen. Ich werde in der nächsten Zeit häufig unterwegs sein.« Im ersten Moment klang das für mich ziemlich schlimm. Aber dann dachte ich daran, dass ich auch oft keine Zeit hatte und so nicht das Risiko bestand, dass wir uns irgendwann auf die Nerven gingen. Außerdem konnte ich die Zeit, in der sie nicht da war, dann zusätzlich zum Lernen nutzen.»Aber ich bin eh hauptsächlich in der Woche unterwegs. Das heißt, du wirst davon gar nicht so viel mitbekommen.«

Eine knappe Woche später geschah es dann. Ich baute einen Autounfall. Es war nichts Großes und ich blieb auch vollkommen unversehrt, aber der linke Kotflügel meines geliebten Mazda war so ziemlich im Eimer. Die Fahrertür war eingedellt und die Motorhaube war irgendwie verzogen. Die Reparatur kostete ein kleines Vermögen und das hatte ich nicht. Meine Eltern wollte ich nicht fragen, denn die hätten mir erstens höchstwahrscheinlich kein Geld gegeben, auch wenn sie mir regelmäßig mein Taschengeld überwiesen, und außerdem verbot mir das mein Stolz. Immerhin hätte das nur bedeutet, dass ich auf sie angewiesen wäre. Und das war ich nicht und wollte es auch nicht sein.

Aber irgendwoher musste ich Geld bekommen. Also entschloss ich mich, nicht ohne ein äußerst ungutes Gefühl in der Magengegend, zu Stani zu gehen und ihn zu fragen, ob er nicht einen Job für mich hätte. Gleichzeitig sagte ich ihm, dass ich nur so lange wieder für ihn arbeiten wollte, bis ich genug Geld zusammen hätte, um mir die Reparatur meines Wagens leisten zu können. Stani erklärte sich sofort bereit, mich erneut einzustellen, allerdings nicht ohne eine gewisse Zufriedenheit in seinen Gesichtszügen erkennen zu lassen. Also ging ich wieder zweimal die Woche an den Kanal und vertickte Koks. Unsere ehemaligen Kunden waren überglücklich, dass sich ihrer wieder jemand annahm. Patrick und Martin erzählte ich nichts davon. Was ich tat, kam mir wie ein Verrat an Phillip vor. Aber ich brauchte nun mal dringend Geld. Die Sache hatte den Vorteil, dass ich jetzt allein arbeitete und das Geld so wesentlich schneller zusammenhatte, als wenn ich die Einnahmen mit jemandem hätte teilen müssen. Da ich nur zweimal die Woche zum Kanal ging, dauerte es jedoch bis Mitte Mai, bis ich die Einnahmen zusammenhatte, und als es so weit war, wollte ich nicht aufhören. Es war einfach purer Leichtsinn. Aber ich dachte mir, wer soll mich denn in den letzten Wochen noch erwischen. Außerdem hatte ich etwas vor, wozu ich ebenfalls eine ganze Menge Geld brauchte. Ich wollte einen Ring für Olga kaufen. Aber nicht irgendeinen Ring, sondern einen Verlobungsring. Ich wollte sie bitten, mich zu heiraten. Es war keine dieser spontanen Entscheidungen. Ich hatte mir das sehr genau überlegt. Um genau zu sein, hatte ich seit meinem neunzehnten Geburtstag darüber nachgedacht. Es war mir klar, dass ich mit dieser Frau mein Leben verbringen wollte. Mit dieser und keiner anderen. Außerdem gab es keinen Grund, nicht zu heiraten. Alles lief bestens. Ende Mai waren die Ergebnisse unserer Prüfungen bekannt gegeben worden, für die ich Tag und Nacht wie ein Blöder gelernt hatte. Die Resultate waren mehr als zufriedenstellend und ich bewarb mich um einen Studienplatz. Ich war sicher, dass ich angenommen werden würde. Meine Eltern, mit denen ich in der letzten Zeit wieder etwas öfter Kontakt hatte, auch wenn ich mich entgegen ihrer Bitte weigerte, wieder nach Hause zu kommen, gratulierten mir überschwänglich zu dieser Entwicklung.

Also, wie schon gesagt, ich wollte einen Verlobungsring für Olga kaufen. Es musste ein ganz besonderer Ring sein, und damit meine ich, ich wollte einen besonders teuren Ring, dem man auch ansah, dass er teuer gewesen war. Es war mir wichtig, dass Olga sehen konnte, wie viel sie mir bedeutete. Also ging ich in ein Juweliergeschäft und gab mein gesamtes Geld für einen Ring mit entsprechender Gravur aus.

Am Abend des fünften Juni, es war ein Montag, fuhr ich zu ihrer Wohnung. Sie war in Berlin und kam erst spät wieder. Sie wusste nicht, dass ich da war. Ich hatte vor, sie zu überraschen. Da ich einen Schlüssel zur Wohnung besaß, war das kein Problem. Man könnte jetzt vermuten, es erging mir wie in einem typischen Teeniedrama. Ich schließe nichts ahnend die Tür auf und erwische sie mit einem anderen Mann, da sie gar nicht in Berlin war und mir das nur erzählt hatte, damit sie mich in aller Ruhe hintergehen konnte. Aber so war es nicht. Es verlief alles genau so, wie ich es mir vorgestellt hatte. Eigentlich wollte ich Olga ja mit einem leckeren, selbst gekochten Essen bei Kerzenschein überraschen. Aber da ich vom Kochen so viel Ahnung hatte wie ein Schwein vom Fliegen, fiel das aus. Stattdessen schob ich zwei Tiefkühl-Pizzen in den Ofen, die ich, wie ich jedoch zu meiner Verteidigung hervorbringen muss, extra dick belegte. Ich zündete Kerzen an, legte schöne Musik auf, entkorkte eine Flasche Rotwein und wartete. Die Überraschung war mir gelungen. Sie freute sich sichtlich, mich zu sehen. »Was machst du denn hier? Das ist ja eine schöne Überraschung.« »Ich dachte, vielleicht würdest du dich nach einem harten Arbeitstag freuen, mich zu sehen, und dich von mir ein bisschen verwöhnen lassen.« Sie lächelte und fiel mir glücklich um den Hals. »Setz dich, das Essen ist gleich fertig«, sagte ich eifrig. Sie nahm Platz und ich servierte. Nachdem wir gegessen hatten und uns etwas träge gegenübersaßen, stand ich auf und schaltete die Musik aus. »Was kommt denn jetzt?«, fragte sie gespannt, als ich mich ihr gegenübersetzte, mich vorbeugte und ihr tief in die Augen blickte. Ich hatte keine Ahnung, wie ich anfangen sollte oder mit welchen Worten man so etwas am besten einleitete. »Ich habe etwas für dich«, sagte ich ernst. Langsam zog ich die Schachtel, die den Ring enthielt, aus meiner Hosentasche hervor und gab sie ihr. Sie blickte die Schachtel einen Moment lang etwas skeptisch an, so als hätte sie ein bisschen Angst, sie zu öffnen. Dann klappte sie den Deckel auf. Sie atmete tief ein. »Oh, mein Gott!« »Gefällt er dir?« Sie starrte auf den Ring. »Der muss ein Vermögen gekostet haben.« Sie nahm ihn vorsichtig heraus und betrachtete ihn im Schein der Kerze. Dann streifte sie sich ihn über und betrachtete ihn erneut. »Gefällt er dir?«, fragte ich noch einmal. »Ja«, hauchte sie. Nachdem Olga ihn eine Weile betrachtet hatte, sah sie mich an. »Vielen, vielen Dank. Der ist wirklich wunderschön.« »Hast du die Gravur gesehen?« Sie drehte den Ring ein wenig, las die Gravur und atmete wieder tief ein. »Das ist so süß von dir!« »Ich bin ja noch gar nicht fertig«, erwiderte ich und mein Herz begann zu rasen. Ich beugte mich erneut vor und blickte ihr tief in die Augen. »Willst du mich heiraten?« Sie wirkte wie versteinert. Einige Sekunden lang sagte sie gar nichts, sondern starrte einfach nur zurück. »Das war's.«, dachte ich. »Jetzt hab ich mich zu weit vorgewagt. Bestimmt ist sie noch nicht so weit und ich habe mich gerade zum größten Idioten der Welt gemacht.« Ihre Augen wurden feucht. »Ja«, flüsterte sie.

15. Kapitel

Den nächsten Monat lang schwebte ich wie auf Wolke sieben. Die Ferien begannen diesmal erst Mitte Juli und Olga und ich verbrachten viel Zeit damit, unsere gemeinsamen Zukunftspläne zu schmieden. Meinen Eltern hatte ich von unserer Verlobung noch nichts erzählt. Die würde ich noch früh genug informieren. Auch Patricks Prüfungsergebnisse waren recht zufriedenstellend. Martin würde, das stand nun fest, die Klasse wiederholen. Ich fragte mich, wie er wohl ohne uns zurechtkommen würde, nahm mir jedoch gleichzeitig vor, ab und zu nach ihm zu sehen und mich so gut es ging um ihn zu kümmern. Ende Juni kam die Antwort der Universität. Ich war angenommen worden und hatte nicht mal ein Wartesemester.

Am Nachmittag des sechsten Juli kam Martin aufgewühlt zu mir ins Zimmer, Patrick im Schlepptau. Martin platzte herein, Patrick hart am Arm gepackt, schlug die Tür hinter ihnen zu und raunzte Patrick an: »Erzähl Mark, was du getan hast!« Patrick war die Sache sichtlich unangenehm. »Ach, komm schon, Martin, jetzt sei nicht so! Ich hab für uns drei ein nettes Sümmchen rausgeschlagen.« »Worum geht es?«, wollte ich wissen und fühlte mich etwas überfahren. »Erzähl es ihm!«, blaffte Martin erneut und ich war überrascht, wie energisch er auf einmal wirkte. »Sag du es ihm doch selber«, maulte Patrick. »Könntet ihr mich vielleicht mal aufklären?«, bat ich die beiden. »Erinnerst du dich an die Fotos, die wir von Karstensen und Michelle gemacht haben?«, wandte sich Martin zornig an mich. »Klar, wie könnte ich die vergessen?« »Patrick hat sie vor wenigen Stunden an ein regionales Boulevardblatt verkauft.« »Du hast was?!«, wandte ich mich ungläubig an Patrick. »Bist du vollkommen übergeschnappt?« »Wieso?«, versuchte Patrick sich zu rechtfertigen. »Die Schule ist vorbei. Unsere Noten stehen fest. Was soll uns denn jetzt noch passieren? Wir haben doch, was wir wollten. Die Fotos sind jetzt vollkommen wertlos für uns. Ich habe daraus lediglich noch ein wenig Kapital geschlagen.« »Hast du eine Ahnung«, meinte Martin wütend, »was jetzt alles dadurch in Gang gesetzt wird? Alle werden fragen, woher die Fotos kommen, wer sie gemacht hat. Karstensen wird zweifelsohne entlassen werden, auch wenn Michelle nicht mehr an dieser Schule ist. Sie werden ihn durch die Mangel drehen. Es wird sich herausstellen, dass wir ihn erpresst haben und dass er unsere Noten aufbesserte. Wahrscheinlich wird uns das Abitur aberkannt oder so was in der Art.« Ich konnte nicht glauben, was ich da hörte. »Patrick«, sagte ich ungläubig, »du bist zu dumm zum Scheißen.« »Ihr seht die Sache viel zu ernst, Leute«, meinte Patrick. »Aber von mir aus. Dann behalte ich den ganzen Zaster eben für mich alleine. Dieses Käseblatt hat eine ganze Menge Kies springen lassen. Aber wenn ihr nicht wollt …« Er verließ das Zimmer.

Am nächsten Morgen war Karstensen tot. Man fand ihn erhängt in seinem Büro. Auf seinem Schreibtisch lag eine aufgeschlagene Ausgabe der örtlichen Boulevardzeitung. Auf einer Seite war ein riesiges Foto abgedruckt, auf dem Karstensen und Michelle abgelichtet waren, zwar mit schwarzen Balken auf den Gesichtern, aber dennoch gut identifizierbar für Leute, die die beiden kannten. Die Nachricht von Karstensens Tod verbreitete sich innerhalb einer halben Stunde wie ein Lauffeuer in der ganzen Schule. Ich konnte es einfach nicht fassen. Wieder einmal war ich am Tod eines Menschen mitschuldig. Und diesmal war der Betreffende vollkommen unschuldig an seinem Schicksal. Was hatten wir da nur getan? Zwar war es Patrick gewesen, der die Fotos verkauft hatte, aber nichtsdestotrotz drohte mein schlechtes Gewissen mich zu zerreißen, hatte ich doch maßgeblich an der Entstehung der Fotos mitgewirkt. Ich war gerade einmal neunzehn Jahre alt und hatte bereits drei Menschenleben auf dem Gewissen. Besaß jemand wie ich überhaupt eine Berechtigung dazu, weiter zu existieren? Meine Schuldgefühle übermannten mich. Ich musste unbedingt mit jemandem darüber sprechen, mir diese riesige Schuld von der Seele reden. Jedoch fürchtete ich, ich müsste mich sofort übergeben, würde ich nur anfangen davon zu erzählen, und Olga, die einzige Person, mit der ich sprechen konnte und wollte, war in Berlin und würde erst am nächsten Abend wiederkommen. In der folgenden Nacht tat ich trotz einer Extradosis Schlaftabletten kein Auge zu und übergab mich etwa ein halbes Dutzend Mal. Als ich am nächsten Morgen in den Spiegel sah, erschrak ich vor mir selbst. Ich hatte noch nie in meinem Leben ein solch farbloses Gesicht erblickt. Ich war den ganzen Tag über vollkommen neben mir und erwartete sehnsüchtig Olgas Rückkehr. Ich hatte noch zwei Tüten Koks, die ich verkaufen musste, und nachdem ich am frühen Nachmittag mit meiner Verlobten telefoniert hatte, um zu erfahren, dass sie wohl erst nach Mitternacht nach Hause kommen würde, entschloss ich mich dazu, nach Sonnenuntergang zum Kanal zu gehen und den restlichen Stoff loszuwerden, und diesmal würde ich für immer mit dieser Scheiße aufhören. Das schwor ich mir. Das erste Päckchen ging schon innerhalb der ersten fünf Minuten weg. Dann kam eine ganze Weile lang niemand vorbei. Ich dachte schon daran, meine Zelte abzubrechen und schon mal nach Frankfurt zu fahren, als ein Mann, etwa dreißig Jahre alt, recht unscheinbar wirkend, auf mich zukam. Die meisten meiner Kunden waren mir bekannt, es sei denn, Neueinsteiger hatten von anderen Koksern erfahren, wo es den Stoff zu holen gab, aber diesen Mann, da war ich mir sicher, hatte ich noch nie zuvor gesehen. Er wirkte etwas seltsam, wie jemand, der so etwas das erste Mal tat. »Hey«, kam er auf mich zu. »Kannst du mir vielleicht 'n bisschen was verkaufen?« »Da hast du aber Glück, Kumpel«, meinte ich erleichtert. »Das ist das letzte Päckchen.« Ich griff in meine Jackentasche, um den Stoff hervorzuholen. Im gleichen Moment sah ich die Ausbeulung, die sich unter seiner Jacke abzeichnete. Der Kerl trug eine Pistole. Verdammt! Er war ganz offensichtlich ein Bulle. Doch es war zu spät. Ich war bereits auf seine Masche hereingefallen. Würde ich jetzt versuchen mich herauszureden, würde er garantiert Verdacht schöpfen. Was sollte ich tun? Panik stieg in mir auf. Der kurze Moment, in dem ich einfach nur vor dem Kerl stand, mit der Hand in der Jackentasche, und fieberhaft überlegte, was ich tun sollte, musste den Bullen stutzig machen. »Oh!«, sagte ich und tat so, als würde ich mit meiner Hand im Inneren meiner Tasche umhertasten. »Ich fürchte, ich hab mich geirrt. Ist schon alles weg. Aber nächste Woche bekomme ich neuen Stoff. Versuch es am besten am nächsten Montag noch mal.« Der Bulle starrte mich an. Offenbar vermutete er das Richtige, nämlich dass ich den Braten gerochen hatte. Wir sahen uns an. Offenbar überlegte er, was nun zu tun war. Sollte er mich laufen lassen, darauf hoffen, dass ich nichts bemerkt hatte und es einfach am nächsten Montag noch einmal versuchen, oder war es wahrscheinlicher, dass ich etwas bemerkt hatte und dass ich am nächsten Montag nicht hier war, wodurch ihm der Erfolg durch die Lappen ging, einen Drogendealer hochzunehmen? Er entschloss sich dummerweise für die richtige Variante. Blitzschnell griff er unter seine Jacke, zweifellos um seine Waffe aus dem Holster zu ziehen. Ich hatte mit Ähnlichem gerechnet und trat ihm mit aller Kraft zwischen die Beine. Er stöhnte laut auf und sackte zusammen. Amateur! Ich fuhr herum und rannte los. Doch schon nach wenigen Sekunden verflog die anfängliche Euphorie über meine geglückte Flucht. Etwa fünfzig bis sechzig Meter vor mir kam mir schnellen Schrittes eine geschlossene Gruppe hochgewachsener Männer entgegen, die die gesamte Breite des Weges für sich beanspruchten. ›Zivilbullen‹, schoss es mir durch den Kopf und ich stoppte abrupt. Adrenalin durchflutete meinen Körper. Ich wirbelte wieder herum. In einiger Entfernung tauchten auch hinter dem Polizisten, dem ich einen Tritt in die Eier verpasst hatte, zwei breitschultrige Gestalten auf. Es ging weder vor noch zurück. Zwei kurze Blicke nach links und rechts halfen mir, die noch verbleibenden Fluchtmöglichkeiten zu analysieren. Linker Hand befand sich ein etwa drei Meter hoher Maschendrahtzaun, der einen Park begrenzte. Rechts lag das Kanalufer. Der Kanal war an dieser Stelle etwa dreißig Meter breit und am anderen Ufer lagen ebenfalls ein kiesbestreuter Weg und dahinter eine Hecke, die den Parkplatz begrenzte, auf dem ich meinen Mazda geparkt hatte. Kurzerhand rannte ich die Böschung hinunter und lief ins seichte Wasser. Sollten die Wichser mir doch hinterherschwimmen. Augenblicklich liefen meine Schuhe voller Wasser. Ich watete weiter in Richtung anderes Ufer. Das

Wasser wurde immer tiefer. Meine Hose sog sich voll. Als das Wasser mir bis zur Brust reichte, fing ich an zu schwimmen. Doch meine Klamotten wurden Zug um Zug schwerer und zogen mich nach unten. Ich entschloss mich dazu, meine Anzugjacke abzustreifen, und strampelte weiter. In einiger Entfernung hinter mir vernahm ich wütende Stimmen. Doch ich blickte nicht zurück und schwamm verbissen weiter. Die Polizisten waren jetzt offenbar an der Stelle angelangt, an der ich ins Wasser gesprungen war. Einer von ihnen rief etwas. Die Rufe waren, wie es schien, an mich gerichtet, denn einen Moment später ertönte ein Schuss. Ein kurzer Blick zurück sagte mir, dass einer der Polizeibeamten einen Warnschuss in die Luft abgegeben hatte, was mich wohl dazu bewegen sollte umzukehren. Die würden einem unbewaffneten Mann auf der Flucht nicht in den Rücken schießen! Das hoffte ich zumindest. Ich schwamm weiter in Richtung gegenüberliegendes Ufer. Ich hatte jetzt etwa die Hälfte geschafft und meine Klamotten wurden zunehmend schwerer. Mit jedem Zug ging mir mehr die Puste aus. Meine Bewegungen wurden hektischer, als ich versuchte, schneller zu werden. Und dann, nach fünf, sechs weiteren Zügen, berührten meine Füße den schlammigen Boden. Ich richtete mich im Wasser auf und lief in Richtung Böschung, wo ich kurz in die Knie ging. Als ich mich umwandte, sah ich mehrere Polizisten ihre Funkgeräte betätigen und schon vernahm ich nahes Sirenengeheul. Ich rappelte mich auf und hastete über den Weg in Richtung Hecke, als eben in diesem Moment ein Polizeimotorrad vor mir auftauchte. Ich nahm einen beachtlichen Anlauf und brach, nicht ohne Mühe und einige Schrammen, durch die Hecke. Und im gleichen Moment traf mich der Schock. Ein Zaun! Warum um alles in der Welt begrenzte jemand einen

Zaun mit einer Hecke? Egal. Ich sprang an den Maschen hoch und zog mich empor. Doch offenbar war der Polizist von seinem Motorrad gesprungen und mir durch die Hecke gefolgt, denn jemand hielt mich an der Gesäßtasche meiner Hose fest. Ich drehte den Kopf, sah den Polizisten und trat ihm gegen den Helm, was allerdings nicht viel Eindruck auf ihn zu machen schien. Mit der anderen Hand hatte er mich am Hemd gepackt, das nun zerriss. Ich trat ihm noch einmal gegen den Helm und zog mich im gleichen Moment mit einem Ruck weiter nach oben. Meine Gesäßtasche riss ebenfalls und ich entglitt dem Griff des Polizisten. Zwei Sekunden später war ich auf der anderen Seite des Zauns, rannte mit triefenden Schuhen über den Parkplatz zu meinem Wagen. Ohne mich noch einmal umzudrehen, sprang ich hinein und brauste mit rasendem Puls davon.

Auf meinem Weg aus der Stadt begegnete mir keine einzige Polizeistreife. Vermutlich war es für den Polizisten, der mich verfolgt hatte, schon zu dunkel gewesen, um mein Nummernschild zu erkennen, auch wenn er gesehen hatte, wie ich weggefahren war. Zumindest hoffte ich das. Fünfunddreißig Minuten später war ich in Frankfurt. Mein Ziel war immer noch Olgas Wohnung. Ich sehnte mich, jetzt mehr als jemals zuvor, nach ein wenig liebevoller Zuwendung. Wie ich erwartet hatte, war Olga noch nicht da. Ich entledigte mich meiner triefenden Kleidung und legte mich nur in Boxershorts bekleidet und hundemüde auf die Wohnzimmercouch, auf der ich fast im selben Moment einschlief. Eine knappe Stunde später wurde ich bereits wieder wach. Ich ordnete meine Kleidung, wollte sie zum Trocknen aufhängen, als mir plötzlich das Blut in den Adern gefror. Ich hatte gerade meine zerrissene Hose betrachtet, als es mich siedend heiß überkam. Mein Personalausweis! Ich hatte die Angewohnheit, meinen Personalausweis stets in meiner Brieftasche aufzubewahren und diese wiederum in der linken Gesäßtasche meiner Hose. Und die war aufgerissen und leer. Mir wurde heiß und kalt zugleich. Ich suchte panisch in den anderen Taschen meiner Hose. Doch meine Brieftasche war weg. Es bestand kein Zweifel daran, dass sie herausgefallen war, als der Polizist mich festgehalten hatte. Der einzige Lichtblick war, dass sie vorher, nämlich während meines Bades im Kanal, herausgerutscht sein konnte. Doch das war eher unwahrscheinlich. Nun kannten die Bullen also meine Identität. Ich war wie gelähmt. Im selben Moment vernahm ich das Geräusch, das ein Schlüssel in einem Türschloss verursacht. Olga betrat die Wohnung. Ich sprang auf und stürmte ihr entgegen. »Hey!«, sie war überrascht. »Was machst du denn hier?« Ich ging auf die Frage nicht näher ein, sondern gestikulierte panisch. »Olga, wir müssen so schnell wie möglich hier weg. Die Bullen haben mich in flagranti erwischt. Die haben meinen Personalausweis. Es dauert bestimmt nicht lange, bis sie auch hier nach mir suchen, wenn sie im Internat und bei mir zu Hause nicht erfolgreich waren. Ich muss fliehen.« Ich machte eine Pause. Sie starrte mich eine Weile wortlos an. Immer noch aufgeregt, aber leicht verunsichert meinte ich: »Du kommst doch mit mir?« »Wo willst du denn hin?«, wollte sie zögernd wissen. »Ins Ausland. Schweiz oder so. Nicht lange. Nur bis ein bisschen Gras über die Sache gewachsen ist und die mich nicht mehr suchen. Wir dürfen aber keine Zeit verlieren. Am besten du packst sofort.« Sie sah mich verständnislos an. »Schweiz«, wiederholte sie tonlos. Dann, nach einer kleinen Weile, meinte sie. »Du gehst besser alleine.« Ich starrte sie an. »Was?«, fragte ich ungläubig. Sie sah aus, als wäre ihr etwas unbehaglich zumute. »Ach, Mark. Versteh doch. Ich kann nicht mit dir irgendwohin fliehen. Das liegt mir nicht. Schon gar nicht ins Ausland und schon gar nicht jetzt. Ich habe heute ein Angebot für einen Vertrag mit einem New Yorker Modemagazin erhalten. Kannst du dir das vorstellen? New York! Das könnte mein großer Durchbruch sein.« »Aber …« Ich schluckte. »Aber wir gehören doch zusammen.« Meine Stimme zitterte. Sie sah mich nur an. Dann: »Verstehst du mich denn wirklich nicht, Mark? Glaubst du, ich habe Lust auf ein Leben als Gejagte, wenn ich kurz vor dem Durchbruch meiner Karriere stehe?« Ich konnte keinen Ton vorbringen. Das konnte es doch nicht sein. »Aber ich muss abhauen.« Sie sah traurig aus. »Dann geh. Geh und komm wieder, wenn du in Sicherheit bist.« Wir sahen uns einen Moment lang an. Dann erfasste mich wieder Panik. Ich lief ins Wohnzimmer zurück und zog mich rasch an. Olga war im Flur stehen geblieben. Als ich zurück zur Wohnungstür ging, fiel sie mir um den Hals. Einen Moment lang drückte sie mich fest an sich. Dann ließ sie mich los und blickte mich mit Tränen in den smaragdgrünen Augen an. Meine Kehle war wie zugeschnürt. Einen Moment lang standen wir so da, dann riss ich die Tür auf und stürmte nach draußen.

Wenn ich ins Ausland wollte, so brauchte ich meinen Pass. Mindestens meinen Ausweis, aber den hatte ich ja nicht mehr. Ich war mir nicht sicher, wie schnell eine Fahndung anlaufen würde oder wie stark die Polizei an meiner Verhaftung interessiert war. Aber sicher war, ich durfte keine Zeit verlieren. Ich musste nach Hause. Einerseits weil ich dort meinen Pass hatte, andererseits brauchte ich frische

Kleidung und Geld. Es war mitten in der Nacht und darum gutes Durchkommen. Jedoch war ich sorgfältigst darauf bedacht, auf keinen Fall zu schnell zu fahren und so eine Verkehrskontrolle zu provozieren. Eine Viertelstunde, nachdem ich Olgas Wohnung verlassen hatte, parkte ich vor dem Anwesen meiner Eltern. Der Jaguar meines Vaters und der BMW meiner Mutter standen vor der Tür. Sie waren also nicht ausgegangen. Ich hoffte inständig, dass meine Eltern bereits schliefen und dass die Motorengeräusche sie nicht geweckt hatten. Ich schlich mich mucksmäuschenstill ins Haus, erklomm ohne jedes Geräusch und ohne Licht zu machen die Treppe in den ersten Stock, wo mein Zimmer lag, packte dort hastig eine Sporttasche mit frischer Wäsche und Reiseutensilien voll, kramte meinen Reisepass heraus, entleerte meine Sparbüchse mit fünfzig Euro und schlich wieder ins Erdgeschoss, wo ich ins Arbeitszimmer meines Vaters ging, die Schublade seines Schreibtisches öffnete, seine Brieftasche herauszog und ihr einige Hundert-Euro-Scheine und Kreditkarten entnahm. Als ich wieder in der Eingangshalle stand, kam mir ein Gedanke. Vielleicht würden die Grenzbeamten besonders auf Wagen meines Modells achten. Kurzerhand ging ich zur Kommode, auf der die Autoschlüssel lagen, griff mir den Schlüssel für den BMW meiner Mutter und war zehn Minuten, nachdem ich das Haus betreten hatte, wieder an der Eingangstür. Alles war still geblieben. Ich atmete tief durch. Dann konnte es ja losgehen. Ich öffnete die Eingangstür und … blickte in die grellen Scheinwerfer eines Streifenwagens, der ohne Blaulicht und Sirene die Einfahrt heraufkam. Ich war wie gelähmt. Eine Sekunde lang stand ich da, völlig perplex, hilflos, dann schlug ich die Eingangstür mit einem Knall zu, der sicher im ganzen Haus zu hören war, und rannte, die Sporttasche über der Schulter, auf die andere Seite des Hauses zur Terrassentür. Ich stieß sie auf, stolperte auf die Terrasse und rannte dann über die dunklen Flächen unseres Gartens in Richtung Straße. Mein Puls raste. Die Polizisten waren offenbar aus dem Wagen gesprungen, denn hinter mir vernahm ich Rufe und schnelle Schritte, die rasch näher kamen. Ich wetzte so schnell ich konnte, erreichte das Ende unseres Grundstücks und sprang wie ein gehetztes Tier über die Gartenhecke, die mir etwa bis zum Brustkorb reichte. Dabei blieb ich hängen, stürzte und knallte auf den Asphalt der Straße. Bei dem Versuch, mich abzustützen, schürfte ich mir die Handinnenfläche auf. Sofort sprang ich wieder auf die Füße und lief, mich panisch nach allen Seiten umschauend, weiter die Straße hinunter. Hinter mir vernahm ich wieder die Rufe der Polizisten, die nun viel näher waren. Ich fluchte und warf die Sporttasche ab, die mich viel zu langsam machte. Zu spät hatte ich erkannt, dass mein Plan gescheitert war und mich erst jetzt von ihrem Gewicht befreit. Doch nun lief ich schneller. Die Straße war wie ausgestorben. Links und rechts von mir tauchten im Schatten des Mondes große, zurückgesetzte Wohnhäuser, umgeben von großen Gärten, auf. Die Schritte hinter mir waren verklungen, und schon glaubte ich, meine Verfolger abgeschüttelt zu haben, da hörte ich in der Ferne irgendwo vor mir schnell näher kommendes Sirengeheul. Einen Moment später erklang es auch gefährlich nah hinter mir. Mein Puls hämmerte los wie nie zuvor, ich konnte bereits vor mir die Scheinwerfer des Streifenwagens erkennen, der mir entgegenbrauste, als ich kurzerhand einen Entschluss traf und einen weißen Lattenzaun links neben mir durchbrach. Ich lief über die nächtliche Rasenfläche eines großen herrschaftlichen Grundstücks. Meine Hand brannte. Ich entdeckte in einiger Entfernung eine Gartenlaube. Mein Herz machte einen Hüpfer. Ich lief hin und rüttelte an der Eingangstür. Sie war verschlossen. Ich fluchte und überlegte, was ich nun tun sollte – als mich im nächsten Moment plötzlich mehrere Hände packten, gegen die Wand der Laube drückten und meinen rechten Arm schmerzhaft nach hinten bogen. Im nächsten Augenblick spürte ich, wie sich kühles Metall um meine Handgelenke schloss. Es klickte. Die Polizisten hatten sich von hinten angeschlichen und mich komplett überrumpelt. »Ihr feigen Schweine!«, schrie ich wütend und versuchte mich zu befreien. Ich wand mich und schimpfte, doch es war natürlich zwecklos. Sie hatten mich.

Der Rest der Geschichte ist schnell erzählt. Man machte kurzen Prozess mit mir. Ich wurde unter Anklage gestellt. Die Polizei trieb eine Menge Zeugen auf, die vor Gericht aussagten, dass ich sie über einen längeren Zeitraum mit Kokain versorgt hatte. Rauschgift an sich fand man bei mir keines. Denn der einzige Stoff, den ich noch besessen hatte, war im Kanal verloren gegangen. Mildernd hinzu kam mein jugendliches Alter und dass ich mir noch nie zuvor etwas Schwerwiegendes hatte zuschulden kommen lassen. Allerdings gereichte mir zum Nachteil, dass ich aus Rücksicht auf Olga nicht verriet, von wem ich den Stoff bezogen hatte. Eine Rücksichtsmaßnahme meinerseits, die sich wenig später rächen sollte. Jedenfalls bekam ich nicht annähernd die Höchststrafe, sondern wurde, wie der Richter es ausdrückte, »lediglich zu zwei Jahren« Freiheitsstrafe verurteilt. Ich bekam ein hübsches Acht-Quadratmeter-Zimmer mit Gittern vor dem kleinen Fenster in einem riesigen Betonklotz. Die Einrichtung bestand aus einem wackligen Hocker, einem Tisch, Bett, Schrank, Waschbecken und Klo. Es war uns, das bedeutet mir und meinen Mithäftlingen, gestattet, einen Walk- oder Discman zu besitzen, doch nach einigen Tagen stellte sich die Langeweile ein. Ein furchtbares Gefühl. Nach einigen Wochen diagnostizierte man bei mir eine Beruhigungsmittelabhängigkeit. Ich wurde diesbezüglich jedoch erfolgreich behandelt. Nachdem ich einige Monate Trübsal geblasen hatte, fing ich an, mir Gedanken zu machen. Ich begann, diese aufzuschreiben. Außerdem begann ich ein Fernstudium, das ich jedoch bald wieder abbrach. Ich wurde nie mit dem Tod von Karstensen in Verbindung gebracht. Und auch zu der Geschichte mit Phillip wurde ich nicht mehr befragt, obwohl ich eigentlich fest damit gerechnet hatte. Der Schwindel mit unseren Noten kam ebenfalls nie heraus. Weder Patrick noch Martin habe ich seit meiner Inhaftierung jemals wieder gesehen. Nach achtzehn Monaten wurde ich vorzeitig entlassen. Meine Eltern besuchten mich während der ganzen Zeit vier oder fünf Mal. Zwei Wochen nach meiner Verurteilung besuchte mich Olga, um unsere Verlobung zu lösen und mir den Ring zurückzugeben. Es war der mit Abstand schlimmste Tag meines Lebens. Auch sie habe ich danach nie wieder gesehen. Nach meiner Entlassung stellte ich fest, dass ich depressiv war. Die Folgen meines Handelns waren mir erst sehr langsam, nach und nach bewusst geworden, schätze ich. Ich meine vor allem die Folgen für mich selbst. Ich suchte also einige Zeit lang regelmäßig einen Psychotherapeuten auf und machte bei ihm eine Therapie. Es wurde mir klar, dass ich vor einem Scherbenhaufen stand und wieder ganz von vorn beginnen musste.

Ich begriff, dass das Leben zu kostbar war, um einfach so in den Tag hineinzuleben. Oder es aufs Spiel zu setzen oder wegzuwerfen, indem ich Dinge tat, die mir eine eigentlich noch völlig offene Zukunft verbauen konnten oder deren Auswirkungen mich noch Jahre später verfolgen konnten.

Ich habe keine Entschuldigung, Rechtfertigung, Erklärung oder Begründung für das, was ich damals getan habe. Außer vielleicht die eine, die aber eigentlich keine ist und die da lautet: Wir waren eben noch Teenager.